AF196751

Alexa Hennig von Lange

DIE WEIHNACHTS-GESCHWISTER

DUMONT

Von Alexa Hennig von Lange sind bei DuMont außerdem erschienen:

Relax
Risiko
Peace
Kampfsterne
Die Wahnsinnige

September 2020
DuMont Buchverlag, Köln
Alle Rechte vorbehalten
© 2020 DuMont Buchverlag, Köln
Umschlaggestaltung: Lübbeke Naumann Thoben, Köln
Umschlagillustration: © Michael Meissner
Satz: Angelika Kudella, Köln
Gesetzt aus der Dante
Druck und Verarbeitung: GGP Media GmbH, Pößneck
Gedruckt auf säurefreiem und chlorfrei gebleichtem Papier
Printed in Germany
ISBN 978-3-8321-6554-3

www.dumont-buchverlag.de

Es ist Weihnachten und nacheinander trudeln die Geschwister Tamara, Ingmar und Elisabeth mit ihren Kindern und Partnern im Haus ihrer Eltern ein. Schneeflocken fallen sanft vom Himmel und wie jedes Jahr weckt das vertraute Heim für einen Moment die Hoffnung auf ein besinnliches Fest. Doch sobald alle an einem Tisch sitzen, ist es mit dem Frieden vorbei: Tamara ist neidisch auf Elisabeth, die nicht nur beruflich erfolgreicher ist, sondern jetzt auch noch diesen attraktiven neuen Freund mitgebracht hat. Ingmar ärgert sich über Tamaras mangelndes Interesse an ihren Mitmenschen und dem Klimawandel. Elisabeth versucht wie immer, zu allen nett zu sein, und macht es dadurch nur noch schlimmer.

Nach einer Nacht im Hotel kommen die drei Geschwister an Heiligabend wieder am Elternhaus zusammen. Aber zu ihrer großen Überraschung öffnet ihnen niemand die Tür. Wo sind die Eltern? Um das Rätsel zu lösen, begeben sich Tamara, Elisabeth und Ingmar auf eine Spurensuche zurück in ihre glückliche Kindheit. Und finden eine magische Botschaft für ihre Zukunft.

Alexa Hennig von Lange, geboren 1973, wurde mit ihrem Debütroman ›Relax‹ 1997 zu einer der erfolgreichsten Autorinnen ihrer Generation. Es folgten zahlreiche weitere Romane, Erzählungen, Theaterstücke und Jugendbücher. 2002 wurde Alexa Hennig von Lange mit dem Deutschen Jugendliteraturpreis ausgezeichnet. Bei DuMont erschienen die Romane ›Risiko‹ (2007), ›Peace‹ (2009), ›Kampfsterne‹ (2018), ›Die Weihnachtsgeschwister‹ (2019) und ›Die Wahnsinnige‹ (2020). Die Schriftstellerin lebt mit ihrem Mann und ihren fünf Kindern in Berlin.

Wir sind Geschwister.

1

ES SCHNEITE. Dicke, wattige Schneeflocken. Unendlich viele weiße, zarte Fladen kamen geradewegs aus dem milchigblauen Himmel heruntergesegelt. Fröhlich. Unabhängig. Heiter. Frei. So frei, dass Tamara am liebsten angefangen hätte zu weinen. Diese Schneeflocken, die direkt vor ihr auf der Windschutzscheibe landeten und neugierig zu ihr ins Innere des Autos sahen, erinnerten sie an früher, als sie noch hier in dieser Straße gewohnt hatte und ein vergnügtes Mädchen gewesen war.

Die Schneeflocken legten sich ganz und gar auf die Windschutzscheibe, so, als würden sie mit ihrer gesamten Fläche zu Tamara und ihrer Familie ins geparkte Auto gucken wollen. Als würden die Schneeflocken genau wissen wollen, wie so eine erledigte Familie kurz vor Weihnachten aussah.

Tamara saß auf der Beifahrerseite. Unfreiwillig. Normalerweise saß sie am Steuer und fuhr ihre beiden Jungs nach der Schule herum. Zum Klavierunterricht, zu Klassenkameraden, zu ihren *Yu-Gi-Oh!*-Wettkämpfen. Es fühlte sich gut an, das Lenkrad mit beiden Händen zu umfassen, die Gangschaltung mit Kraft zu betätigen, wenn sie in ihrem Wohnviertel ein wenig zu schnell unterwegs war, wenn sie manchmal rote Ampeln überfuhr, dicht an Radfahrern vorbei. Sie liebte diesen ganz leichten *Thrill*, etwas Gefährliches zu tun. Das waren die Momente des Tages, zwischen Schule und Fußballtraining, zwischen Sportplatz und Supermarkt, die wirklich rauschhaft waren. Aber heute hatte ihr Mann die lange Strecke übernehmen wollen. Also stauten sich um Tamaras Beine die Taschen mit dem Proviant, der während der Fahrt nicht mal zum Teil aufgegessen worden war. Ihre Jungs hatten ihr die angebissenen Brote sofort wieder nach vorne gereicht: »Können wir bitte bei McDonald's anhalten?«

All ihre Lebenszeit, die ins Butterbrotemachen floss. Wofür? Damit ihre Kinder etwas Vernünftiges aßen. Damit sich die Jungs geliebt und versorgt fühlten. Und dann bissen sie nicht einmal richtig davon ab. Von ihrer Lebenszeit. Sondern reichten sie zurück nach vorne. Was sollte Tamara jetzt damit machen? Die Brote selbst aufessen? Oder wegschmeißen? Weil Tamara keine Lust hatte, ihre Kinder kurz vor Weihnachten zu mehr Respekt zu erziehen, und auch keine Energie mehr hatte, ihnen zu erklären, dass sie nicht ihre Bedienstete war, packte sie die Brote einfach mit einem Seufzer zurück in die Dosen. Das hatte sie die ganzen letzten Jahre über auch schon getan. Lebenszeit in Tupperdosen packen. Jetzt war ihr Mann mal dran, die Fahne des Respekts hochzuhalten, aber der ging offenbar ebenfalls gerne kurz vor Heiligabend zu McDonald's, weil er das ganze Jahr über nicht dazu kam. Er saß ja nur im Büro.

Tamara zog ihre Winterjacke vorne zu, obwohl von unten gerade noch ihre Sitzheizung wärmte. Es war mehr so eine reflexhafte Geste, als würde sie sich panzern müssen. Gegen das Außen. Gegen all die ständigen kleinen Herausforderungen, die das Leben so mit sich brachte. Ganz im Allgemeinen. Gleich würden sie aussteigen und an der Tür ihrer Eltern klingeln. Gleich. Noch nicht jetzt. Erst einmal kurz durchatmen und sich vorstellen, sie sei eine der vielen zarten Schneeflocken auf der Windschutzscheibe, um wieder zu etwas mehr Leichtigkeit zu kommen. Sie fühlte sich so schwer. So träge. So ausgelaugt.

Neben ihr, hinterm Lenkrad saß Quirin, ihr Mann. Total überarbeitet, mit immer weniger Haaren, Augenringen und Bauchansatz. Jedenfalls nicht der Mann, den sie damals beim Karate im weißen Kampfanzug kennengelernt hatte. Beide mit dem symbolträchtigen blauen Gürtel der Entfaltung ausgestattet. Sie machten schon seit Ewigkeiten keinen Sport mehr. Im Auto war es still. Ihr Mann sah ebenfalls kurz die Schneeflocken an, so, als würde auch er sich mehr Leichtigkeit wünschen, dann suchte er etwas neben sich in der Seitentasche. Sein Handy. »Ich muss nur noch mal kurz …« Er lächelte entschuldigend und tippte auf dem Gerät herum. Wahrscheinlich irgendetwas mit der Arbeit. Quirin schaffte es nie, abzuschalten. Die ganze Zeit hatte er seine Tabellen und Zahlen im Kopf. Und diesen Druck »von oben«. Tamara hatte es aufgegeben, mit ihm ein vernünftiges Gespräch zu führen. Auch, wenn er körperlich anwesend war – der Rest von ihm war es nicht. Nach hinten auf die Rückbank brauchte Tamara erst gar nicht zu sehen. Sie wusste, was ihre Jungs taten. Das, was sie bereits seit knapp vier Stunden taten: Handyspiele spielen.

Inzwischen war die Windschutzscheibe beinahe von einer dünnen Schneeflockenschicht bedeckt. Schneeflocke für Schneeflocke war genau an ihren Platz gefallen. In der Gesamtheit ergaben sie eine wunderschöne Decke. Gerade als Tamara sich ganz und gar in diesem reinen Weiß verlieren wollte, schaltete ihr Mann den Scheibenwischer ein. Rusch. Mit einer einzigen Bewegung hatte der schwarze Plastikarm die Schneeflöckchen weggeräumt und vor ihr tauchte wieder ihr Elternhaus auf. Vorgarten. Vier Fenster, blaue Haustür, spitzes Dach. Dahinter die schlanke, schneebedeckte Kiefer. Sie starrte Quirin von der Seite an: »Wieso hast du das gemacht?«

»Was?« Er sah sie irritiert an und steckte sein Handy in die Jackentasche.

»Na, den Scheibenwischer angeschaltet?«

»Weil die ganze Scheibe voller Schnee war.«

»Ja, aber, wir fahren doch gar nicht.«

»Ich wollte aber etwas sehen.«

Tamara seufzte und stieß die Wagentür auf. Genau das war der Grund für ihre Frustration. Genau das. Ihr Mann und sie. Kein bisschen gemeinsamer Sinn fürs Schöne. Für Romantik. Sie knallte die Tür zu und lief in ihren Stiefeln, die sie zu Hause in aller Eile angezogen hatte, ohne den Reißverschluss zu schließen, an den beiden kugelförmigen Buchsbäumen vorbei zur Haustür ihrer Eltern. Auch, wenn sich ein gewisser Widerwille gegen das, was da drinnen gleich vonstattengehen würde, in ihr breitmachte – jedes Jahr eskalierte es zu Weihnachten –, spürte sie doch eine große Dankbarkeit, dass es dieses Zuhause für sie gab. Dieses Zuhause mit der blauen Haustür. In dem alles seine Ordnung hatte – solange ihre Geschwister nicht da waren. Klare Prinzipien. Klare Festlegungen. Wenn doch ihr Leben auch so in Ordnung wäre wie das gut eingerichtete Haus ihrer Eltern. Seit Tamaras Kindheit hatten ihre Eltern so viel Mühe investiert, damit möglichst wenig schieflief. Sie investierte doch auch. Warum funktionierte es dann bei ihr nicht? Tamara drückte auf die Klingel und wollte nur noch rein. Zu Mama und Papa.

Aber drinnen rührte sich nichts. Hinter ihr fielen die Schneeflocken auf den gepflasterten Weg, auf die graubraunen Vorgartenpflanzen, in die trockenen Rosenbüsche. Um ihre Beine zog die eisige Winterluft. Sie drückte noch einmal auf die Klingel. Auf keinen Fall wollte sie jetzt irgendwelchen weihnachtlich gestimmten Nachbarn begegnen, die ihr ein begeistertes Gespräch über das märchenhafte Wetter und darüber, wie lange man sich nicht mehr gesehen hatte, aufs Auge drückten. Dazu war sie absolut nicht in der Verfassung. Schon gar nicht dazu, zu erzählen, »was *sie* jetzt machte«. Nämlich gar nichts. Sie war Hausfrau. Das ging hier niemanden etwas an. Tamara drückte noch einmal auf die Klingel. Und als drinnen noch immer keine Schritte zu hören waren, haute sie mit der Faust gegen die Tür. Endlich hörte sie, dass sich von drinnen jemand näherte.

Gerade als die Tür aufging und sie ihrem Papa in die Arme fallen wollte, fragte Quirin von hinten: »Soll ich schon mal die Taschen mit den Geschenken reintragen?«

Was für eine dumme Frage. Tamara verdrehte die Augen. Außerhalb des Büros konnte ihr Mann keine selbstständigen Entscheidungen treffen. Wie ein Kleinkind. Hatte sie nicht schon genug mit ihren beiden Jungs zu tun? Sie wollte nicht die einzig Erwachsene in ihrer Ehe sein. Außerdem war ihr die Hilflosigkeit ihres Mannes vor ihrem Vater peinlich. Der hatte immer gewusst, was zu tun war. Warum konnte Quirin nicht ein bisschen so sein wie ihr Vater? Sie lächelte ihn an: »Hallo, Papsi.«

Sie umarmte diesen Mann, der plötzlich kleiner geworden war. Ihr Vater sah gar nicht mehr so aus, wie sie ihn in Erinnerung hatte. In ihrer Vorstellung war er noch immer der Anfang vierzigjährige Anwalt, kräftig, stabil, nicht kleinzukriegen. Mit Hang zur Ungeduld und zur Dominanz. Eben ein richtiger Mann, immer auf der Höhe seiner Potenz. Ihr kleiner Vater lächelte, wobei sein Kopf leicht nickte. »Da seid ihr ja.« Auch seine Stimme war dünner, als Tamara sie im Ohr hatte. Ihr Vater machte in seinen Filzpantoffeln einen Schritt zur Seite, um seinen Schwiegersohn mit den großen Geschenketaschen vorbeizulassen. »Stell sie einfach um die Ecke ins Arbeitszimmer.«

Tamara zog sich die Stiefel aus und stellte sie ordentlich in die Garderobe. So, wie sie es als Kind gelernt hatte. Dann nahm ihr Vater ihr den Wintermantel ab und hängte ihn umständlich auf einen Bügel. Alles hatte hier seine Ordnung. Und das war gut so. Tamara war das Kind ihrer Eltern und sie liebte diese Ordnung, die ihr immer Sicherheit gegeben hatte. Diese klare Struktur, wo was hingehörte. Jedes Ding hatte seinen Platz. Seine Funktion. Seine Aufgabe. Routinen, mit denen man leicht durchs Leben kommen sollte. Nur bei sich zu Hause schaffte Tamara es kaum, diese Routinen einzuhalten, weil ihre Jungs und ihr Mann da überhaupt nicht mitmachten. Besonders Quirin hatte einfach kein Gefühl für klare Strukturen. Zumindest außerhalb seines geschäftlichen Aufgabenfeldes. Ständig ließ er seine Büroschuhe mitten im Flur liegen. Seine Jacke warf er über die Sofalehne. Seine Müslischüssel blieb verlässlich auf dem Küchentisch stehen. Die Liste war endlos. Und die Jungs machten es ihm nach.

Tamara gab ihrem Vater noch einen Kuss auf die durchscheinende Wange mit den feinen roten Äderchen und während Quirin noch die letzten Taschen aus dem Kofferraum holte, rief sie nach draußen Richtung Auto: »Jungs, aussteigen!«

Nichts passierte. Nur ihr Mann schlug die Kofferraumklappe zu und kam zurück ins Haus. Gerade als er die Taschen abgesetzt und seinen Schwiegervater zur Begrüßung umarmen wollte, meinte Tamara: »Und die Jungs bleiben im Auto oder was?«

Quirin zuckte mit den Schultern. »Ich weiß es nicht.«

»Hast du ihnen nicht gesagt, dass sie aussteigen sollen?«

»Das wissen sie doch.«

»Ja, aber sie steigen trotzdem nicht aus. Das ist jetzt mal deine Aufgabe, sie da rauszuholen.« Tamara wusste, dass ihre Stimme unerbittlich klang. Sie wusste es und sie hatte auch jedes Recht dazu. Sie hatte keine Lust mehr, all diese Menschen ununterbrochen anzutreiben, die nicht fähig waren, ohne sie klarzukommen. Ihr Vater lächelte schon wieder, seine Stimme klang dünn und ein bisschen wackelig: »Gut, dann werde ich mal zu Mama in die Küche gehen. Ihr kommt dann einfach nach, wenn ihr fertig seid.«

»Sind die anderen schon da?«, fragte Tamara. Die anderen. Das waren ihre Geschwister. Ihre jüngere Schwester und ihr kleiner Bruder. Mit seiner Frau, die Tamara nicht leiden konnte, und seinen verweichlichten Zwillingen. Ihre zwei Jahre jüngere Schwester mit ihrer zerbombten Familie war für Tamara schon aushaltbarer, solange Elisabeth nicht von ihrer »Arbeit« anfing. Es war ein Wunder, wie sie es trotz ihrer mangelhaften Bildung geschafft hatte, so weit zu kommen.

»Sie bringen gerade ihr Gepäck ins Hotel. Sie wollten eigentlich gleich wieder hier sein.« Ihr Vater schlurfte in Richtung Küche, vorbei an der Kommode mit den aufgestellten Familienfotos in Silberrahmen. Seine graue Strickjacke hing an ihm herunter. Er ging gebeugter als sonst. In Tamaras Erinnerung schleuderte er sie immer noch in Badehosen und mit muskulösem Oberkörper am Strand im Kreis herum. Ihr starker Vater. In seinen Armen war sie so federleicht gewesen wie eine Elfe. Als kleines Mädchen war er ihr wie Spartakus vorgekommen. Total unbesiegbar.

Da Tamara es nicht mit ansehen wollte, wie Quirin hilflos versuchte, ihre handysüchtigen Söhne aus dem Auto zu holen, drehte sie sich einfach um und ging hinter ihrem Vater her. Durch den Flur in die Küche. Im sonnigen Gegenlicht, das durchs Sprossenfenster kam, stand ihre Mutter am Herd und rührte in einem großen Topf. So wie immer, wenn man in die Küche kam. Mit ihren weißgrauen, in schwungvolle Wellen gelegten Haaren, umgebundener Schürze und einem Lächeln.

»Na, Mammchen. Warst du beim Friseur?« Tamara gab ihrer Mutter einen Kuss auf die Wange und wusch sich dann die Hände über der Spüle. Ihre Mutter trug ihre Perlenkette, ihren Ehering und den Ring mit dem großen hellrosa Turmalin, den sie von Papa zur silbernen Hochzeit bekommen hatte. Eine hübsche Bluse mit einer feinen Strickjacke darüber. Alles an ihrer Mutter war hübsch. Und im Gegensatz zu ihrem Vater schien ihre Mutter kaum zu altern. Sie hatte nach wie vor diese unerschütterliche Jugendlichkeit an sich. Und sie duftete so wie immer. Nach ihrem Mama-Parfüm. Sie legte den Deckel auf den Topf und strich Tamara über die Schulter. »Na, mein Kind. Seid ihr gut hergekommen?«

Tamara stellte das Wasser aus. »Essen wir jetzt etwa alle zusammen Mittag?«

»Dachte ich eigentlich?« Ihre Mutter räumte einen Stapel Suppenteller aus dem Hängeschrank. »Ich habe ein paar Dosen aufgemacht. Ich wollte heute nicht für alle Kartoffeln schälen.«

Ein paar Dosen aufgemacht? Das hatte es noch nie gegeben. Ihre Mutter hatte immer alles selbst gemacht, alles Fertige abgelehnt, weswegen Tamara ja im Grunde genommen nicht arbeitete, um auch alles frisch für ihre Familie zubereiten zu können. Ihre Mutter war ihr Vorbild in Sachen perfekter Haushaltsführung und jetzt machte sie zu Weihnachten einfach Dosen auf?

Vorne klingelte es. Ihr Vater schlurfte wieder aus der Küche, um die Haustür zu öffnen. Tamaras Pupillen wanderten genervt nach rechts oben. Jetzt musste ihr armer Papa noch mal zurück durch den Flur, um die Haustür aufzumachen, weil Quirin es nicht gebacken kriegte, die Kinder reinzuholen, bevor die Tür zufiel. Gleichzeitig ging hinten das Gartentor auf und eine Traube von Leuten drängte durch das trockene Gestrüpp der verblühten Hortensien über die dünne Schneedecke, die den Rasen bedeckte. Tamara sah ihren Geschwistern mit all den Kindern durchs

Küchenfenster entgegen. Gerade war dieser Schneeteppich noch unberührt gewesen. Jetzt walzte die Meute in bunten Mützen und Fäustlingen darüber hinweg und der matschige Untergrund kam durch. Hinter ihr bemerkte ihre Mutter fröhlich: »Na, da bin ich ja mit dem Essen genau rechtzeitig fertig geworden.«

Sie trug die Suppenteller an Tamara vorbei ins Wohnzimmer und verteilte sie dort auf dem ausgezogenen Tisch, in dessen Mitte der Adventskranz mit den Bienenwachskerzen und den kleinen geschnitzten Engeln stand. Ihre Schwester mit den wilden, blonden Locken winkte Tamara freudestrahlend durchs Fenster zu. Hatte Elisabeth schon wieder eine neue Winterjacke an? Wieso sah ihre kleine Schwester so frisch aus? Ging sie ständig zur Kosmetik? Wie viel gab sie eigentlich für ihre Cremes aus? Sonderlich anstrengend konnte ihr Tagesablauf ja nicht sein. Ihre beiden Kinder – sieben und zwölf Jahre alt – drängten zur Terrassentür herein. Ein Mädchen und ein Junge, je von einem anderen Vater. Auch in neuen Winterjacken. Elisabeth war bereits zweimal geschieden und lachte noch immer. Kein Wunder. Sie traf ihre Entscheidungen – ohne Rücksicht auf Verluste – und zog sie durch. Eine schlechte Entscheidung. Dann eine gute. Dann wieder eine schlechte. Dann wieder eine gute. Es ging immer hin und her. Mit schier unverwüstlichem Selbstvertrauen. Jetzt hatte Elisabeth diesen neuen Freund, den Tamara sich gleich mal genauer anguckte, als er über die Schwelle ins Wohnzimmer trat.

Mein Gott, er sah aus wie ihr Ex-Freund Stefan, den sie in der Oberstufe gehabt hatte! Groß, schlank, sportlich, breites Grinsen und dieses blonde, volle Haar und rote

Wangen. Der Holzfäller-Typ. Absolut der Holzfäller-Typ. Tatsächlich hatte er auch noch abgetragene Jeans und ein Holzfällerhemd an. Wow! Woher hatte Elisabeth den? Dieser Mann passte doch gar nicht zu ihrer kleinen Schwester! Sondern zu ihr! Zu Tamara-Katharina Schwedthelm. Er gehörte in das ursprünglich für sie vorgesehene Leben, das leider recht früh eine falsche Abzweigung genommen hatte und seitdem parallel zu ihrem tatsächlichen Leben verlief, ohne dass Tamara dabei war! Warum konnte sie nicht einfach hinüberwechseln auf die richtige Spur und endlich ihr echtes, einzig passgenaues Leben führen? So, wie ihre kleine Schwester das immer machte, wenn sie merkte, dass das gerade nicht mehr »ihr Leben« war? Sie wechselte einfach die Spur.

Plötzlich hörte Tamara sich laut auflachen, während sie sich mit leicht frivolem Unterton in der Stimme der Terrassentür näherte. »Hallo, wen haben wir denn da?«

Sie umarmte diesen großen Mann, der – im Gegensatz zu ihrem Mann – überhaupt nicht müde aussah. Alles an diesem Mann war knackig. So knackig und heiß, wie sie sich eigentlich noch immer in ihrem tiefsten Inneren fühlte. Heiß. Ein Gefühl, das viel zu selten abgefragt wurde, mal abgesehen von den paar Momenten am Morgen, kurz nachdem die Jungs und Quirin aus dem Haus waren und der Nachbar Jörg von gegenüber – ebenfalls Familienvater – kurz mal bei ihr reinguckte. Aber der war kein Vergleich zu Elisabeths neuem Freund, der – wirklich! – gar nicht Elisabeths Typ war! Ihre kleine Schwester hatte doch sonst eher notorische Chaoten oder pathologische Narzissten. Was wollte sie von diesem Mann hier? Dem war sie intellektuell doch gar nicht gewachsen. Das sah Tamara auf den ersten Blick. Wieder so eine seltsame Entscheidung ihrer kleinen Schwester. Mister Holzfäller sah aus, als bräuchte er eine willensstarke, gebildete Frau neben sich. Nicht ihre wankelmütige Schwester, die durch pures Glück beruflich so erfolgreich war. Was natürlich auch nur eine Phase war! Der Mann umarmte sie nun ebenfalls und sagte, als sie sich wieder losgelassen hatten: »Ich bin Holger.«

Er hieß tatsächlich Holger! Auch so ein Name aus der Vergangenheit. »Ein jugendlicher, dynamischer Name«, bemerkte Tamara und lachte schon wieder laut auf, wobei ihr gleich ein paar Tränen in die Augen schossen. In ihr war so viel Hunger.

Dann musste sie für ihre nachdrängenden Geschwister und deren Kinder auf dem Fußabtreter Platz machen. Als Erstes erntete Tamara einen ernüchternden Blick ihres kleinen Bruders Ingmar, der offenbar jetzt schon die Faxen dicke hatte, dass Tamara sich nicht beherrschen konnte. Tamara kannte diesen Ausdruck in seinen Augen gut. Ihr kleiner, gönnerhafter Bruder mit seinem Weltverbesserer-Zopf … Sie umarmte ihn gar nicht erst, sondern begrüßte gleich seine Zwillinge, indem sie ihnen distanziert zuwinkte. Ein Junge, ein Mädchen. Beide komisch. Und seine humorlose Frau mit diesem kinnlangen Bob verzog auch keine Miene, sondern bemerkte nur wohlerzogen: »Schön, dich zu sehen, Tamara.« Wobei sie sich nicht einmal Mühe gab, dass es irgendwie glaubhaft klang.

Die Einzige, die sofort die Arme ausbreitete, um Tamara zu drücken, war Elisabeth. Sie schloss ihre Arme in der neuen, daunengefüllten Winterjacke fest um ihre große

Schwester und gab ihr einen dicken Kuss auf die Wange. »Na, Tamaratschi?« So hatte Elisabeth sie schon vor mehr als zwanzig Jahren genannt. »Tamaratschi.« Auf diese Wortschöpfung war sie damals gekommen, als alle mit diesen Tamagotchi-Fieps-Dingern in der Schule gespielt hatten. Diese hirnlosen Plastik-Küken aus Japan, in hellrosa oder blau, die man heimlich im Unterricht per Knopfdruck hatte füttern müssen. Tamara hatte sich nie für diesen Müll interessiert, aber Elisabeth war ganz verrückt nach den winzigen Dingern gewesen und hatte sich eins von ihrem Taschengeld gekauft. Und mit solch einem total abhängigen, digitalen Zivilisationsschrott verglich Elisabeth also Tamara. Na ja, was sollte sie machen? Irgendwie zeigte sich darin ja auch Elisabeths Zuneigung. Sie strahlte Tamara an und meinte: »Wie schön, dass wir uns endlich wiedersehen!«

Und es klang so echt und rein, total unbelastet, als ob Elisabeth gar nicht wüsste, was sie da eigentlich redete. Als hätte sie über die letzten beiden Jahrzehnte gar nicht mitbekommen, dass sie und Tamara durchaus ein problematisches Verhältnis zueinander hatten. Jetzt umarmten Elisabeths Kinder sie auch noch. Und sie waren die einzigen von all ihren Verwandten, die Tamara wirklich uneingeschränkt liebte. Sie küsste die hellblond gelockten Kinder – und diesen beiden galt tatsächlich ihre ganze Sorge. Dass es ihnen gut ging. Dass sie die Trennungen ihrer Mutter von ihren jeweiligen Vätern gut verkrafteten, dass sie jeden Tag pünktlich zur Schule kamen, dass sie vernünftiges Essen aßen und dass sie psychisch keinen Knacks erlitten oder unbeaufsichtigt irgendwo herumstreunten. Elisabeth war in vielerlei Hinsicht komplett sorglos. Sie erlaubte ihren

Kindern Sachen, die Tamara niemals erlaubt hätte. Manchmal gingen diese beiden Kinder sogar abends mit ins Restaurant oder fuhren allein mit dem Zug zu Oma und Opa. Außerdem kam öfter eine Babysitterin, wenn Elisabeth wieder irgendwo unterwegs war. In Ausstellungen ging oder ins Kino. Elisabeth kannte eine Menge Leute, oberflächliche, eingebildete Leute aus der Kulturszene. Möchtegern-Akademiker. Früher hatte ihre kleine Schwester sie manchmal mitgenommen zu irgendwelchen »Events« – wenn Tamara schon dieses Wort hörte, drehte sich ihr der Magen um. »Event« – ein Synonym für hohlen Käse.

»Na, wie läuft's in der Schule?«, fragte Tamara ihre zwölfjährige Nichte, deren Patentante sie war.

»Gut«, sagte Marie und rückte sich ihre rote Mädchenbrille zurecht.

»Ja? Weil du nie da bist?« Schon wieder bog sich Tamara vor Lachen. Sie konnte nichts gegen diesen plötzlich aufflammenden Energieschub tun. Jetzt war sie in Scherzlaune. Dieser Holzfäller-Typ war schuld daran. Er löste in ihr alle Sicherungen. Er ließ Tamara durch seine bloße Anwesenheit diese unsagbare Lebendigkeit spüren. Diese Freude, einfach draufloszureden, zu lachen, fröhlich und auch ein bisschen haltlos zu sein. So, wie sie es früher gewesen war. Als junges Mädchen, als sie noch ihrem richtigen Leben auf der Spur war.

Marie verdrehte die Augen, zog sich die Schuhe aus, stellte sie ordentlich neben die Terrassentür und ging auf Strümpfen zu Oma in die Küche. Ihre Tante war nicht witzig.

»Hallo, Oma. Was gibt es heute?«

Marie bekam einen Kuss von ihrer Oma, die wie immer so gut duftete. Irgendwie nach Apfelmus. »Kartoffelsuppe, mein Kind. Ich habe extra viele Würstchen für dich hineingeschnitten.«

»Danke, Oma.«

Marie wusch sich die Hände, weil sie wusste, dass ihre Oma das gerne so wollte. Überhaupt tat Marie bei Oma und Opa zu Hause alles genau so, wie sie es von ihnen von klein auf gelernt hatte. Marie liebte ihre Großeltern. Mit ihrem kleinen Bruder Finn war sie oft hier gewesen, oder sie waren zu viert in den Urlaub nach Norderney gefahren. Von Oma und Opa hatte sie alles Wichtige gelernt. Opa hatte ihr Fahrradfahren beigebracht, Oma hatte ihr gezeigt, wie man Rührei machte und wie man mit Buntstiften zeichnete. Oma hatte ihr schöne Geschichten vorgelesen, sie hatten lange Spaziergänge gemacht. Finn und sie waren auf Bäume geklettert. Opa hatte ihnen gezeigt, wie man schnitzte und sie hatten zusammen gebetet. Oma und Opa waren ein bisschen ihr Zuhause. Bei Oma und Opa war immer alles gleich. Und schön. Oma stellte Blumen in einer Vase auf den Tisch. Oma backte am Sonntag Apfelkuchen. Opa stellte das Planschbecken im Garten auf. Oma und Opa sagten lauter liebe und schöne Sachen. Und irgendwie merkte man total, dass Mama die Tochter von Oma und Opa war.

Nur bei den anderen beiden, bei Tante Tamara und bei Onkel Ingmar, merkte man das nicht so richtig. Die waren irgendwie schräg. Also, Tanta Tamara war natürlich auch lieb, aber sie musste dauernd an Mamas Erziehungsmethoden herumnörgeln, obwohl sie wirklich alles machte, damit Marie und Finn es schön hatten. Dabei war das für

Mama mit der ganzen Arbeit und dem Haushalt gar nicht so leicht. Mama hatte ziemlich Pech mit ihren Männern gehabt. Die hatten Mamas Freundlichkeit ausgenutzt. Sogar Maries eigener Papa. Aber Mama sagte kein schlechtes Wort über diese beiden Männer. Nie. Sie sagte nur lobende Sachen über ihre Ex-Männer, sodass Marie sich manchmal fragte, ob Mama überhaupt merkte, dass die beiden nicht nur nett zu ihr gewesen waren. Oder ob sie sich nicht traute, auch mal richtig auf den Tisch zu hauen.

Zum Glück war Holger total nett. Und zwar richtig. Marie war ziemlich erleichtert, dass Mama ihn im Internet getroffen hatte. Und Holger war froh, dass er jetzt mit zu ihrer Familie gehörte. Er sagte immer: »Bin ich froh, dass ich bei euch sein darf.«

Das sagte er jetzt auch wieder, als Marie an der Spüle stand und ein Glas Wasser trank. Er stellte sich neben sie und wusch sich auch die Hände. Er hatte noch immer das Freundschaftsbändchen am Handgelenk, das Marie im Sommercamp für ihn geknüpft hatte. Mit Blick auf die ganzen Leute, die sich auf dem Fußabtreter vor der Terrassentür tummelten, meinte er: »Bin ich froh, dass ich bei euch sein kann. Was für eine schöne, große Familie!«

Holger hatte ja keine Ahnung, was hier Weihnachten los sein konnte! Die Zwillinge von Onkel Ingmar zogen sich ihre Stiefel aus, genau wie Tante Siri, die Frau von Onkel Ingmar. Und Mama. Alle nahmen ihre Stiefel in die Hand und trugen sie auf Strümpfen durchs Wohnzimmer, um sie vorne in die Garderobe zu stellen. Marie sah, dass Finn ihre Schuhe mitnahm. So war ihr kleiner Bruder. Einfach der Allersüßeste. Onkel Ingmar blieb mit verschränkten Armen vor Tante Tamara stehen. Sie unterhielten sich total angespannt, wie Leute, die gerade einen Auffahrunfall gehabt hatten und herausfinden wollten, wer jetzt eigentlich schuld an dem ganzen Mist war. Richtig distanziert. Niemals wollte Marie später so ein Verhältnis zu ihrem kleinen Bruder haben. Das war doch schrecklich. Wer würde jemals mehr über sie und ihr Leben wissen als ihr kleiner Bruder Finn? Er kannte sie wirklich! Sie teilten ihre Kindheit miteinander. Sie erzählten sich Dinge, die sie sonst niemandem erzählten. Sie sahen die Welt mit ganz anderen Augen, als die Erwachsenen das taten. Welchen Grund konnte es je geben, so seltsam miteinander umzugehen? Aber so wie Tamara und Ingmar sich ansahen, schien es, als ob sie sich gegenseitig richtig bescheuert fanden.

Warum mussten sie eigentlich jedes Jahr alle zusammen Weihnachten feiern? Es war doch schon von vornherein klar, dass es wieder schiefgehen würde. Es wäre viel schöner gewesen, nur mit Oma und Opa zu feiern!

Marie wusste, dass ihre Mama ziemlich traurig darüber war, dass sie kein engeres Verhältnis zu ihren Geschwistern hatte. Darum hoffte sie jedes Mal wieder auf ein Weihnachtswunder. Total zwecklos. Tante Tamara und Onkel Ingmar meldeten sich einfach nie, wenn Mama ihnen mal eine *WhatsApp* schrieb oder ihren Kindern Geschenke zum Geburtstag schickte. Sie bedankten sich nicht mal. Oder sie schrieben eine kurze Mail, dass Mama zukünftig bitte nicht mehr über Amazon Pakete verschicken sollte, weil Amazon der Feind war. Dabei meinte Mama all das nur lieb. Sie hatte eben keine Zeit herumzulaufen und Geschenke einzukaufen und zur Post zu bringen. Sie war alleinerziehend!

Oma kam zurück in die Küche und legte gleich den Arm um Holger. Dabei waren sie sich erst ein Mal in Hamburg begegnet, als Oma und Opa bei ihnen am Wochenende zu Besuch gewesen waren. Oma schien ebenfalls sehr froh zu sein, dass Holger jetzt zur Familie gehörte. Sie meinte zu ihm: »Kannst du mir mal eben den schweren Suppentopf zum Tisch tragen?«

»Na klar, Oma«, sagte Holger. Er sagte einfach »Oma« zu »Oma« und es klang richtig nett. So, als würde er schon ewig zur Familie gehören. Er nahm den großen Topf und trug ihn hinüber ins Wohnzimmer und Opa schlurfte mit dem Topfuntersetzer hinterher. Marie beeilte sich, schnell mitzukommen, weil sie am Tisch dringend zwischen Mama und Finn sitzen wollte.

Sie kannte Tante Siri nicht so gut. Sie und Onkel Ingmar kamen eigentlich nie zu Besuch nach Hamburg. Wenn, dann sahen sie sich zu Weihnachten hier bei Oma und Opa. Tante Tamara und ihre Familie sahen sie ein bisschen öfter, weil sie in derselben Stadt wohnten. Also dreimal im Jahr vielleicht. Aber auch nur, wenn Mama fand, dass sie Tante Tamara mal wieder an der Elbchaussee besuchen sollten. Dann fuhren sie mit dem Taxi hin, immer an der Elbe entlang. An all den schönen Häusern vorbei, die zwischen den Zweigen der Bäume hindurchschimmerten. Mama wunderte sich schon ein bisschen, warum Tante Tamara nicht öfter mal zu ihnen nach Eimsbüttel kam. Immerhin hatte sie einen Führerschein und ein Auto – im Gegensatz zu Mama.

Jetzt saßen alle am langen Tisch. Oma und Opa an einem Ende. Finn saß direkt an der Ecke, Marie gleich daneben.

Dann Mama und neben ihr Holger. Dicht dran Tante Tamara. Am anderen Ende der Tafel saß ihr Mann, von dem Marie immer den Namen vergaß. Quotient oder so. Und um die Ecke herum ihre beiden Cousins Ludwig und Georg. Auf der gegenüberliegenden Seite saßen Onkel Ingmar, Tante Siri und ihre Zwillinge Lino und Lucy, die ungefähr sechs Jahre alt waren.

Tante Tamara machte die ganze Zeit irgendwelche Witze in Richtung Holger und der Rest der Familie war ziemlich stumm. Nur Oma lächelte in die Runde und Opa goss allen mit zittriger Hand etwas zu trinken ein. Mama stand auf und nahm die Kelle, um die Suppe zu verteilen. So war Mama, sie half immer. Zuerst ließ sie sich Omas Teller geben. Weil Oma ja gekocht hatte und weil Oma so viel Arbeit damit hatte, dass hier alle Weihnachten feiern konnten. Marie wusste, dass es genau so war. Weil sie immer genau wusste, warum ihre Mutter das tat, was sie tat.

2

ELISABETH SAH IHRE Mutter an, als sie ihr den Teller reichte. Wie mädchenhaft sie trotz ihrer siebzig Jahre war, während ihr Blick leicht beunruhigt über den Tisch und zwischen allen Anwesenden hin- und herhuschte. Elisabeth wusste, was in ihrer Mutter vor sich ging. Weil sie immer genau wusste, was in ihrer Mutter vor sich ging. Gerade war sie voller Sorge, dass es dieses Weihnachtsfest wieder eskalieren könnte. So, wie es im vorherigen Jahr auch schon eskaliert war. Und davor. Und davor auch.

Letztes Mal war Elisabeth mit ihren Kindern vorzeitig abgereist, gleich nach dem Frühstück am ersten Weihnachtstag. Und das, obwohl sie das gar nicht vorgehabt hatte. Sie hatte sich solche Mühe gegeben, dass keine seltsame Stimmung durch ein von ihr unbedacht geäußertes Wort aufkam. Aber dann hatte sie Marie wohl offenbar einen »vieldeutigen« Blick zugeworfen, als sie ihr am Tisch die Butter rübergeschoben hatte. Wie aus dem Nichts war Tamara auf Elisabeth losgegangen. »Hör auf, deiner Tochter geheime Augenzeichen zu geben!«

»Was?«

»Dass du mich peinlich findest.«

Elisabeth war wirklich überrascht gewesen, als Tamara

plötzlich von ihrem Stuhl aufgesprungen war. Gerade war noch alles so friedlich gewesen. Opa hatte das Weihnachtsoratorium aufgelegt. Alle vier Kerzen auf dem Adventskranz brannten. Die Holzengelchen bliesen unermüdlich in ihre winzigen Trompeten. Aber wenn Tamara einmal in Fahrt kam, gab es kein Halten mehr und so fing Elisabeth – wie so oft in der Kindheit – augenblicklich an zu weinen. Sie konnte nichts dagegen tun. Wenn sie angegriffen wurde, fühlte sie sich vollkommen ausgeliefert und die Tränen flossen. Elisabeth war sofort bereit, sich zu ergeben. Nicht zu kämpfen, das Feld zu räumen, damit der Ärger nicht noch größer wurde. Genau wie ihre Mutter. Daher hatte sie an besagtem Weihnachtsmorgen ihre Kinder genommen, sich ein Taxi gerufen und war zum Bahnhof gefahren, wo sie zwei Stunden auf den Zug hatten warten müssen, bei »Nordsee« mit Blick auf die frisch frittierten Backfische. Sie wollte jetzt nicht daran denken.

Jedenfalls war klar, dass ihre Mutter auch unter allen Umständen verhindern wollte, dass es wieder zum Eklat kam. Mama dachte tatsächlich, dass sie das Geschehen in irgendeiner Form würde kontrollieren können. Wie wollte sie das schaffen? Jeder hier am Tisch war doch ein Risiko für den Familienfrieden. Elisabeth gab ihrer Mutter den gefüllten Teller zurück und lächelte. Zum Zeichen, dass sie ihrer Mutter keinen Kummer machen würde. Dann nahm Elisabeth den Teller ihres Vaters entgegen und während sie ihm Suppe auftat, hörte sie ihren Bruder Ingmar angespannt sagen: »Gib doch erst mal den Kindern was. Die haben Hunger.«

Und genau das war es, was Elisabeth wirklich komisch

an ihrem Bruder fand. Ganz ruhig gab sie ihrem Vater den Teller zurück und drehte sich zu Ingmar um. Sie lächelte ihn ebenfalls an, auch, wenn es sie jetzt, keine fünf Minuten an einem Tisch, schon ein bisschen Kraft kostete. Er wähnte sich irgendwie immer im familiären Mittelpunkt. Vermutlich, weil er der Nachzügler, das Nesthäkchen war. Denn mit »den Kindern« meinte er natürlich seine Zwillinge, die ungeduldig auf ihren Stühlen herumrutschten und »Hunger, Hunger!« jammerten. Elisabeth streckte den Arm aus, um sich erst Linos, dann Lucys Teller geben zu lassen. Doch bevor sie überhaupt einen der beiden Teller gefüllt hatte, bemerkte Lucy schon: »Das esse ich nicht.« Sie legte ihren Kopf in Siris Schoß und ließ von unter der Tischplatte verlauten. »Das riecht so komisch.«

Woraufhin Siri sagte: »Aber Lucylein, das riecht doch nicht komisch. Das ist die Kartoffelsuppe von deiner Oma.«

»Ich will die aber nicht.«

»Probier sie doch wenigstens.«

»Die riecht aber so komisch.«

Und schon schnupperte Siri über dem Suppentopf herum, indem sie sich mit beiden Händen ihren dunkelbraunen, kinnlangen Bob hinter die Ohren strich. »Stimmt. Ein bisschen komisch riecht sie schon.«

Und Ingmar sagte: »Dann muss Lucy die nicht essen. Soll dir Oma einen Milchbrei machen?« Dabei streichelte er Lucy tröstend über den Rücken, als hätte sie gerade einen schweren Verlust hinzunehmen.

Augenblicklich setzte sich Lucy mit roten Wangen wieder auf und nickte begeistert. »Aber mit Zimt und Zucker.« Doch bevor ihre Mutter aufstehen konnte, um einen Milchbrei zu machen, reichte Elisabeth die Kelle eilig an ihre Schwägerin weiter und ging rüber in die Küche. Sie achtete darauf, ja nicht genervt zu klingen: »Ich mache das schon.«

Da stand sie in der Küche. Am Herd ihrer Kindheit. Sie hörte die Stimmen aus dem Wohnzimmer. Sie wusste genau, wo die Zutaten ihren Platz hatten. Ohne nachzudenken. Sie wusste, in welchen Gläsern die Haferflocken und der Zucker aufbewahrt wurden. Sie kannte sich in dieser weißen Einbauküche beinahe besser aus als in ihrer eigenen. Sie zog die Besteckschublade heraus, klappte den Hochschrank auf, bückte sich, um unten aus der Klappe den Milchtopf zu holen, sie drehte die Kochplatte an, alles ging ganz automatisch. Und jeder Blick, den sie in dieser Küche tat, hinüber zu den Gewürzen auf dem schmalen Bord, in die Besteckschublade, in den Schrank und aus dem Sprossenfenster, war voller Erinnerungen. Die Küche ihrer wunderbarsten Jahre, in der sie so oft mit ihrer Mutter am Herd gestanden und gemeinsam mit ihr gekocht hatte. Nach der Schule. Mittag für Mittag. Elisabeth liebte dieses Zuhause. Es war schön, heimzukehren. In den Schoß ihrer Eltern, ins warme Nest. Warum konnte es dennoch nicht mehr so friedlich sein?

Elisabeth hörte die Stimmen aus dem Wohnzimmer, Tamara, die auf Holger einredete und immer wieder begeistert auflachte. Was wohl Quirin und ihre Jungs darüber dachten? Elisabeth kannte dieses Verhalten schon. Bereits in der neunten Klasse, als sie eine kleine Campingparty draußen im Garten veranstaltet hatte, hatte sich Tamara an Erik, einen ihrer Klassenkameraden, herangemacht und ihn verführt. Ohne Not. Im Zelt. Auf der Luftmatratze. Das hatte für ziemliche Aufregung gesorgt, weil Tamara damals schon fast volljährig gewesen war. Am nächsten Tag hockten die Eltern von Erik im Wohnzimmer auf der Sofakante und es gab ein klärendes Gespräch mit Tamara. Was nichts genutzt hatte. Kurz darauf hatte sich Tamara nämlich den Freund von Elisabeths bester Freundin Sophia geangelt. So war das eben mit Tamara. Und trotzdem machte sich Elisabeth keine Sorgen, was Holger anbelangte. Zum ersten Mal in ihrem Leben hatte sie das Gefühl, jemanden gefunden zu haben, der sich von Tamara nicht verführen lassen würde.

Dabei kannten sie sich noch gar nicht so lange. Erst seit Mai dieses Jahres. Einerseits kamen Elisabeth diese paar Monate schon wie eine Ewigkeit vor, in der sie und Holger sich sehr nahegekommen waren, andererseits war sie natürlich trotzdem unsicher, ob es dieses Mal klappen würde. Weil Elisabeth grundsätzlich unsicher war, ob sie überhaupt fähig war, eine langfristige Beziehung zu führen. Ihre bisherigen Liebesbeziehungen waren verlässlich in die Brüche gegangen. Und zwar spätestens nach drei Jahren. Sie wollte Holger nicht verlieren. Weil ihm alles zu stressig wurde. Mit Elisabeth und den Kindern, den beiden Vätern. Ihrem Bedürfnis nach Geborgenheit. Oder aus irgendeinem anderen Grund. Noch eine Trennung würde sie nicht durchstehen. Für noch einen Neuanfang hatte sie keine Kraft mehr. Die Vergangenheit lag wie ein verhängnisvoller Schleier über Elisabeth. Warum waren all ihre Partnerschaften gescheitert? Lag es an ihr? Vielleicht war sie einfach zu anstrengend? Zu kompliziert? Zu abhängig? Forderte sie zu viel?

Sie wollte doch nur sie selbst sein. Sie wollte wahrhaft lieben. Und natürlich geliebt werden. Aber was, wenn genau diese Bedingungslosigkeit und Tiefe nicht gewollt wurden? Was dann? Wohin mit ihrem Bedürfnis nach Verbundenheit? Es war so einfach, Angst zu haben, nicht mehr geliebt zu werden. Das war so viel einfacher, als selbstbewusst zu sein, sich selbst zu lieben, sich anzunehmen. Sich toll zu finden. Ziemlich oft tat sie nur so. Schließlich war es unzulässig, sich mickrig zu fühlen. Das galt als sehr unattraktiv. Aber ging es nicht den meisten Menschen insgeheim so? Tamara hätte nur gelacht und gesagt: »Deine Koketterie nervt, Lizzy!«

Mit Holger waren sie in den Sommerferien sogar zu viert im Auto bis nach Südfrankreich gefahren. Sie waren als Gruppe richtig zusammengewachsen. Und je mehr schöne Erlebnisse sie als zusammengewürfelte Familie miteinander teilten, desto größer wurde das Vertrauen. Nur leider auch die Sorge, dass es dieses Mal wieder nicht klappen könnte. Elisabeth ließ die Butter im Topf schmelzen, dann goss sie die Milch dazu. So hatte sie es von ihrer Mutter gelernt. Jeden Sonntag hatte es zum Frühstück Milchbrei gegeben. Heute sagte man Porridge dazu. Sie ließ die Milch warm werden und dann die Haferflocken hineinrieseln. Über ihrem Kopf baumelte ein großer, bunter Strohblumenstrauß von der Decke. Neben dem Herd hing ein kleiner, reich verzierter Holzrahmen mit einem witzigen Bild, das Marie in der ersten Klasse gemalt hatte. Ein Ferkelchen mit Ringelschwänzchen und gelber Sonne. Es sah wunderschön aus. So fröhlich, so schön pink! Hinter Elisabeth klebten am Kühlschrank noch weitere Kinderzeichnungen. Von Marie und Finn. Von den Zwillingen und Ludwig und Georg. Oma und Opa hatten all die Kunstwerke feinsäuberlich mit Namen und Datum versehen, manchmal auch noch mit einer kleinen zusätzlichen Bildbeschreibung. »Muscheln und Bernsteine am Strand«. Sie waren wirklich sehr stolz auf ihre Enkelkinder.

»Hunger!« Elisabeth hörte Lucy nebenan im Wohnzimmer quengeln. Dann kam Lino zu ihr in die Küche und stellte sich ein Stück entfernt von ihr hin. Elisabeth mochte Lino gerne. Er war ein stiller, kleiner Junge, bei dem man immer das Gefühl hatte, er müsse unheimlich tapfer sein, um überhaupt den Tag zu überstehen. So zerbrechlich, als sei er in sich gefangen. Gleichzeitig wirkte er indoktriniert. Vermutlich hatten ihm seine Eltern gesagt, dass alle Verwandten mit Vorsicht zu genießen seien. Deswegen stand er jetzt etwas von ihr entfernt und fragte freundlich und leise: »Ist der Milchbrei für Lucy schon fertig?«

»Ja, gleich. Magst du schon mal Zimt und Zucker vom Regal nehmen?« Elisabeth zeigte Lino, wo das Glas mit dem Gemisch stand. Er ging ganz leise hin, auf seinen geringelten Strümpfen, als würde er den Boden nicht einmal berühren. Dann kam er mit dem Glas zurück, blieb wieder mit etwas Abstand stehen und wartete, bis Elisabeth den dampfenden Brei in eine Schüssel gefüllt hatte. »Möchtest du auch etwas?«

Lino schüttelte den Kopf. »Ich hab schon Suppe gegessen.«

»Und hat sie geschmeckt?«

»Also, mir ja.« Sie grinsten sich beide kurz an. Als hätten sie sich gerade eben heimlich darauf verständigt, dass Omas Kartoffelsuppe eigentlich ganz in Ordnung war. Dann trug Elisabeth die Schüssel an ihrem Neffen vorbei ins Wohnzimmer und servierte sie seiner Zwillingsschwester. »Hier, bitte.«

Lino stellte den Zimt und Zucker daneben. »Sag mal ›Danke‹ zu Tante Elisabeth.«

»Danke«, murmelte Lucy und schüttete sich einen Berg Zimt und Zucker auf den Brei. Jetzt waren alle ruhig, löffelten die Suppe und draußen im Garten fielen sacht die Schneeflocken. Auf den kahlen Walnussbaum, die Terrasse, den noch nicht ausgepackten Weihnachtsbaum, der drüben am Gartenhäuschen neben der Regentonne lehnte. Und über allem schwebte hoch oben die schneebedeckte Krone der Kiefer. Elisabeth streichelte Marie über den Rücken, dann gab sie Finn einen Kuss auf die gewölbte Kinderstirn. Es war schön, dass ihre beiden hier bei Oma und Opa zu Hause sein konnten, um zu verstehen, was es bedeutete, ein sorgsam eingerichtetes Heim zu haben. Einen Ort, an dem alles seinen Platz hatte. Das Bücherregal, die Bilder an der Wand, der Teppich, das Geschirr im Schrank. Die Liebe. Es war gut, dass sie sahen, dass es einen Mann und eine Frau gab, die für immer zusammenblieben. Ihre Eltern.

»Und? Wie geht es euch?«, fragte Elisabeth quer über den Tisch. Sie sah ihren kleinen Bruder Ingmar freundlich an. Klein war er natürlich längst nicht mehr. Ingmar war sogar ziemlich groß. Früher hatte er Handball gespielt, weil er so groß war. Jetzt saß er in sich zusammengefallen am Tisch, blass, und sein Blick ruckte nervös zu Elisabeth hinüber. »Wie es einem eben Ende des Jahres so geht, wenn man es ausschließlich mit Ignoranten zu tun hat und eigentlich nur für die Tonne arbeitet.«

Sie lächelte. Sie liebte ihren kleinen Bruder. So hätte sie es immer gesagt, solange er nicht im Raum war. Aus der Tiefe ihres Herzens: »Ich liebe meinen kleinen Bruder.« Sie hätte auch gesagt: »Wir sind uns so nah.« Oder: »Er ist so süß!« Eben all solche Sachen. Weil sie es von früher noch so fühlte. Ihr kleiner Bruder und sie waren auf eine besondere Art und Weise miteinander verbunden gewesen. Sie hatten sich nie gestritten. Sie hatte ihren Bruder einfach nur wahnsinnig niedlich gefunden. Für die Schule hatte sie einmal ein Lyrik-Projekt über ihn gemacht. Lauter Gedichte über den kleinen Ingmar, weil er eben in seinem ganzen Wesen so besonders für sie gewesen war. Irgendwie voller Gnade. Später, nachdem sie in ihre erste eigene Wohnung gezogen war, hatte er sie oft besucht. Wenn einer von ihnen Liebeskummer gehabt hatte, hatten sie miteinander telefoniert und sich gegenseitig beraten. Ihre Beziehung war unbeschwert, ohne Neid, ohne Eitelkeiten, ohne Vorsicht und Vorhaltungen gewesen. Doch plötzlich hatte sich das geändert. Mit einem Schlag.

Mit einem Mal hatte ihr kleiner Bruder auf alles, was sie ihm erzählte, nur noch mit einem abschätzigen »Aha!« reagiert. So, als sei sie selbst schuld an allem, was ihr widerfuhr. Die Trennungen. Die alleinige Sorge um die Kinder. Ihre diversen Erschütterungen. Als hätte Elisabeth ihr Unglück geradezu heraufbeschworen und als sei all der Schmerz die gerechte Strafe für ihre Selbstüberschätzung. Das sichere Zeichen dafür, dass sie gewaltig überzogen hatte. Dass sie zu viel vom Leben wollte. Und jetzt sah er sie auch wieder so an, als würde er sie nicht mögen, sondern irgendwie verurteilen. Nur: für was?

Elisabeth guckte hinüber zu ihrem Papa. Sah er sie auch so an, als sei etwas mit ihr nicht in Ordnung? Oder mit Holger? War es Holger, den Ingmar total unpassend fand? Fand ihr Papa Holger auch nicht passend? Ihr Vater hatte den Blick gesenkt und aß. Ganz ruhig. Als säße er alleine am Tisch. Einen Löffel nach dem anderen hob er langsam zum Mund. Er reagierte auf niemanden mehr. Nicht auf seine Enkelkinder, die ihn ansprachen, nicht auf Elisabeths Blick, nicht auf Quirins Frage, ob er ihm die Saftflasche reichen könne. Er aß einfach. Als sei er ganz alleine. Dafür lächelte Elisabeths Mutter. Ihre Spezialität. Ihr gesamtes Eheleben hindurch hatte sie immer mal wieder für zwei Leute lächeln müssen, um Herzlichkeit zu vermitteln, an den Stellen, an denen sich ihr Mann von der Bildfläche verabschiedet hatte. Zumindest mental.

An den Wochenenden, bei langen Spaziergängen, war Elisabeths Vater meist vorangegangen, hatte die Hände hinterm Rücken gefaltet, weil er seine Ruhe beim Laufen haben wollte. Sie sah ihn noch immer vor sich, wie er diesen sandigen Weg zwischen Wald und Feld entlanggelaufen war, in der frühnachmittäglichen Hitze, die Sonnenstrahlen kamen von schräg oben. Die Grillen zirpten. Er hatte schauen, hören, seinen Gedanken nachgehen wollen, während drei Kinder gleichzeitig auf ihre Mutter eingeredet hatten. Holger würde das niemals tun.

»Alles in Ordnung?« Holger legte ihr seine Hand auf den Oberschenkel und beugte sich etwas zu ihr herüber, sodass Elisabeth seine Lippen leicht auf ihrer Wange, dicht neben ihrem Ohr spürte. Seinen warmen Atem in ihrem Haar.

Elisabeth legte gleich ihre Hand auf seine. »Ja, alles gut«, flüsterte sie und dann lächelte auch sie möglichst unbekümmert und fühlte, wie all ihre Liebe, gemischt mit Angst, aus der Mitte ihres Herzens aufstieg und in ihr Lächeln, in ihren Blick floss, den sie Holger zuwarf. Genau jetzt kam sie sich vor wie ihre Mutter, die auch immer automatisch gelächelt hatte, wenn sie angespannt war. Als sei alles in bester Ordnung.

Elisabeth konnte gar nicht genau sagen, was sie in diesem Augenblick konkret besorgte. Es war mehr so ein diffuses Gefühl aus Befürchtungen, Melancholie und Hilflosigkeit. Sie spürte aber auch ihre tiefsitzende, gurgelnde Freude, die nur nicht wusste, wohin sie sollte, weil plötzlich alle stumm waren. Sogar ihre Kinder. Dabei war morgen Heiligabend. Das Fest der Liebe. Der familiären Zusammenkunft. Die Feier der fröhlichen Aufregung und Frohlockung, dass etwas Schönes, Goldenes bei jedem Einzelnen einziehen würde. Irgendeine lebensverändernde Offenbarung. Eben wie die Geburt des Jesuskindes, das der Welt Licht und Hoffnung gebracht hatte.

Doch niemand hier in diesem Raum verhielt sich hoffnungsfroh, ihre Mutter mal ausgenommen, die jetzt alle am Tisch ansprach, fragte, wie es gehe, was alle so machten, und nur einsilbige Antworten bekam. Trotzdem lächelte sie. Es war ein reiner Reflex, der nichts, aber auch gar nichts über den inneren Zustand ihrer Mutter aussagte. Oder vielleicht doch? Gab sie die Hoffnung nicht auf, dass alle wieder zueinanderfinden könnten?

Als Elisabeth von ihrer Mutter gefragt wurde, wie es ihr gehe – »Hast du all deine Arbeit geschafft?« –, spürte sie regelrecht die Blicke der anderen auf sich. Besonders bohrend von Tamara und von Siri. Beinahe synchron legten sie ihre Löffel neben ihre Teller, falteten die Hände unterm Kinn, bereit zu lauschen. Es war so offensichtlich, dass sich beide Frauen augenblicklich vor dem wappneten, was Elisabeth über ihre beruflichen Leistungen zu berichten hatte. Als wolle Elisabeth den beiden mutwillig aufs Brot schmieren, dass es als Frau und sogar als alleinerziehende Mutter selbstverständlich möglich war, erfolgreich zu sein.

Sie zuckte mit den Schultern. Ihre Stimme klang belegt. »Ja, so in etwa.« Mehr wollte sie besser nicht sagen. Lieber einsilbig bleiben. Genau wie alle anderen. Um zu verhindern, dass die anderen sie in Gedanken vernichteten, um sich selbst aufzubauen. Es tat Elisabeth leid. Sie hätte gerne mehr zu ihrer Mutter gesagt. Einfach frisch von der Leber weg. Auch von Holger, von sich und den Kindern hätte sie gern erzählt. Was sie in letzter Zeit alles Schönes erlebt hatten, welches Buch sie gerade übersetzte. Holger hatte für Finni ein Hochbett gebaut und die Wände in den Kinderzimmern waren jetzt farbig gestrichen. Aber ihr Kopf war leer. Dafür zog sie diese angespannte Grimasse, die eigentlich Heiterkeit ausdrücken sollte. Interessant, wie wenig man doch seine Gesichtszüge unter Kontrolle hatte, wenn man unter gnadenloser Beobachtung stand. Natürlich wollte sie auch eine entspannte Atmosphäre für Holger. Er sollte sich wohlfühlen. Nichts sollte schieflaufen. Damit er nicht dachte, dass sie aus einer dieser typisch dysfunktionalen Familien kam, die so weit verbreitet waren.

»Mama hat noch im Auto gearbeitet, als wir hergefahren sind«, sagte Marie plötzlich. Dabei guckte sie durch ihre rotgeränderten Brillengläser, genau in Richtung von Tante Tamara. Dazu stellte sie ihr Apfelsaftglas mit einem kleinen Knall auf den Tisch. Marie war ein hellsichtiges Kind. Ein Kind mit dem siebten Sinn. Sie hatte die Gabe, all die Menschen in ihrer Umgebung zu durchschauen. Marie hatte also ihre Gründe, warum sie jetzt genau das sagte, was sie sagte. Nicht, um aufzutrumpfen, sondern, um ihrer Tante Tamara zu zeigen, dass ihre Mama eine zähe Frau war. Eine gute Mutter, die alles dafür tat, ihre Kinder zu versorgen. Und weil ihre Mutter sich nicht selbst verteidigte. Holger schien auch den siebten Sinn zu haben, er strich Elisabeth über die wilden Locken, fast, als sei sie ein zerbrechliches Kind, ein zartes Mädchen, ein kleines Ding, das man beschützen musste – vor ihrer eigenen Familie. Zumindest vor ihren Geschwistern. Mit hörbarem Stolz in der Stimme sagte er: »Lizzy übersetzt gerade einen ziemlich dicken Roman von einer Harvard-Professorin, die aufdeckt, dass nicht James Joyce *Ulysses* geschrieben hat, sondern seine Frau.«

Tamara lachte auf. »Was für ein Käse! Dann hoffen wir mal, dass da nicht eine amerikanische Version von Harry Potter herauskommt.« Tamara beugte sich vor, um ihrer kleinen Schwester besser in die Augen sehen zu können. Wie bei einem Verhör. »Du verstehst aber schon, worum es da geht, oder Lizzy?«

Elisabeth blickte ihre Schwester an. Was war aus ihr geworden? Diesem fröhlichen, etwas haltlosen Mädchen? Eine Frau Anfang vierzig. Im zu engen, hellrosa Lambswool-Pulli. Mit Perlenohrringen, voller Ablehnung und

Groll. Ihre Augen, die dunklen Augen ihrer Schwester, sahen sie durchdringend an.

Elisabeth lächelte höflich: »Ich denke schon.«

»Frag mich besser, solltest du über Begriffe wie *Editio princeps* oder *Recensio* stolpern.«

»Mache ich.« Elisabeth schluckte.

Holger grinste Tamara an und seine Stimme hatte einen ganz leicht süffisanten Unterton, den Elisabeth noch gar nicht bei ihm kannte. »Solche Begriffe kennst du?«

»Natürlich. Schließlich habe ich studiert. Im Gegensatz zu meiner kleinen Schwester.«

»Ich habe auch studiert, aber die Begriffe habe ich trotzdem noch nie gehört«, sagte Holger mit einem Selbstbewusstsein, das vollkommen frei war von Hochmut.

»Ich kenne die auch nicht«, sagte Quirin, offenbar im Versuch, durch einen männlichen Schulterschluss ein launiges Gespräch entstehen zu lassen. Er wirkte, als hätte er so eine Ahnung, dass seine Frau kurz davor war, die unsichtbare Grenze des guten Geschmacks zu übertreten.

Aber Tamara beachtete Quirin gar nicht, sondern warf Holger ein verführerisches Lächeln zu, als wollte sie mit ihm einen erotischen Bildungsbürgerkampf beginnen. »Tja, dafür muss man schon an einer wissenschaftlichen Fakultät studiert haben.«

Elisabeth merkte, wie alle am Tisch unruhig wurden. Besonders Siri. Sie strich sich wieder ihren Bob hinter die Ohren. »Tamara, du bist nicht die einzige, die diese Begriffe kennt.«

»Aber vermutlich die einzige, die sie auch anwenden kann.« Tamara warf ihrer Schwägerin einen scharfen Blick zu und dann wanderte ihr Blick wieder Richtung Elisabeth. »Warum haben sie ausgerechnet dir angeboten, dieses Buch zu übersetzen? Ist das heute egal, was bei so einer Übersetzung herauskommt?«

»Niemand kann besser Bücher übersetzen als Mama«, sagte Marie, wobei ihre Stimme schon ziemlich wütend klang.

»Ach ja?« Tamara zog die Stirn in Falten. »Wer behauptet das?«

»Sie würde ja wohl nicht so viele Aufträge kriegen, wenn es nicht so wäre«, Marie guckte böse zu Tante Tamara.

»Ich könnte auch gut übersetzen, trotzdem fragt mich niemand.« Tamaras Lippen waren jetzt nur noch zwei schmale Striche. Ihre beiden Jungs sahen sie abwartend an und Quirin tätschelte beruhigend ihren Arm. »He, morgen ist Heiligabend.«

»Oh, bitte!« Tamara riss abwehrend ihre Hände hoch. »Darum dürfen wir jetzt nicht diskutieren, oder was?!«

Quirin zuckte mit den Schultern. »Ich dachte ja nur, dass deine Mutter sich solche Mühe mit dem Essen gegeben hat und wir …«

Tamara machte eine genervte Handbewegung in seine Richtung, dass sie von ihm nichts weiter hören wollte. »Sie hat ein paar Dosen aufgemacht.«

Ingmar sah seine Mutter erstaunt an. »Du hast Dosen aufgemacht?«

»Darum roch das so komisch«, wisperte Siri und schob den halbvollen Teller von sich weg. »Wer weiß, was da für Zusätze drin sind. Das hätte ich gerne früher gewusst.«

Oma sagte: »Die sind vom Bioladen.«

Und Opa sagte: »Also, mir schmeckt es.«

Tamara warf Siri einen abschätzigen Blick zu. »Was da für Zusätze drin sind? Näht ihr etwa auch eure Klamotten alle selbst? Wie die Wildwest-Pioniere? Die Zeit hätte ich gar nicht. Es gibt Tchibo. Da kann man hinfahren, parken und sich günstig eine Hose kaufen. Da habe ich neulich für die ganze Familie geshoppt.«

»Ja, da sind dann ordentlich Pestizide drin. Wenn du das deinen Kindern anziehen möchtest?« Siris Stimme zitterte. Es war ihr anzusehen, dass es sie einiges an Kraft kostete, nicht einfach vom Tisch aufzustehen oder die Beherrschung zu verlieren. »Hast du mal gelesen, was diese Chemikalien bei Kindern alles auslösen können?«

»Also, die Pestizide scheinen meinen Jungs jedenfalls gut zutun. Haben in Sport eine Eins und in Mathe und Physik auch.« Tamara lachte auf, erfreut über ihren gelungenen Scherz. »Und wie läuft's bei euren Zwillingen?«

Jetzt musste sogar Elisabeth ein wenig lachen. Diese Seite liebte sie an ihrer großen Schwester. Ihren Sinn für Humor – solange der einen nicht selber traf. Holger lachte auch ein wenig und legte seine Hand wieder auf Elisabeths Oberschenkel.

»Toll, dann haben wir das ja geklärt«, Tamara faltete ihre Serviette zusammen und bemerkte mit Blick auf Holgers Hand: »Schön auch, dass ihr beiden euch offenbar noch scharf findet. Aber ich prophezeie euch, das hört irgendwann auf. Nicht wahr, Quirin?« Sie haute ihrem Mann gegen den Oberarm und Ludwig sagte: »Mama!«

Georg murmelte: »Das nervt.«

Aber Tamara war in Fahrt. Sie sah zuerst Ingmar an, dann

Siri. »Bei euch wird es mit den Zwillingen ja wohl nicht viel anders sein oder habt ihr noch diese Sache mit den drei Buchstaben?«

Georg murmelte wieder: »Das ist so peinlich.«

Ludwig sprang auf, rannte aus der Wohnzimmertür und schlug sie hinter sich zu.

Tamara zog die Augenbrauen hoch. Ein leichtes Bedauern lag in ihrer Stimme: »Meine Kinder mögen es offenbar nicht, wenn ich vor anderen über dieses Thema spreche.«

»Wir mögen es gar nicht, wenn du darüber sprichst. Egal, wie viele Leute dabei sind. Behalt es für dich.« Georg stand auch auf und folgte seinem großen Bruder raus in den Flur.

Oma tätschelte Finns Schulter. »Und du, Finni? Von dir haben wir ja noch gar nichts gehört. Wie geht es dir?«

Der kleine Junge, dem gerade beide Schneidezähne ausgefallen waren, zuckte mit den Schultern und sah zu Holger. »Wir sind mit seinem Motorrad gefahren.«

Marie nickte. »Zuerst Finni, dann ich. Einmal über die Köhlbrandbrücke und zurück.«

Tamaras Löffel klackte auf den Tellerrand. »Hast du echt ein Motorrad?«

»Ja-ha!«, sagte Finn und seine Augen strahlten. »Eine knallgrüne Crossmaschine.«

»Ist Lizzy auch damit gefahren?«

»Mama hat jetzt sogar eine eigene Motorradjacke!«, sagte Marie und sah wirklich glücklich dabei aus.

»Haben die Kinder wenigstens einen Helm auf oder fahrt ihr ohne?« Tamaras Stimme wurde hart.

»Natürlich haben sie einen Helm auf.« Jetzt klang Holger auch nicht mehr so freundlich.

»Also, das würde ich nicht erlauben.« Tamara schüttelte den Kopf und sah Elisabeth an. »Ziemlich unverantwortlich.«

»Ich dachte, du hast das verweichlichte Leben satt?«, rief Quirin plötzlich und grinste seine Frau an, begeistert von seiner Schnelligkeit. Er versuchte immer noch, so zu tun, als sei die Unterhaltung bei Tisch einfach eine fröhlich-satirische Angelegenheit.

»Ach, halt doch die Klappe.« Tamara stand auf, wobei ihr Stuhl beinahe nach hinten umkippte. Quirin hielt ihn gerade noch fest. Sie nahm ihren Suppenteller, verschwand damit in die Küche und räumte ihn scheppernd in den Geschirrspüler. Dann kam sie wieder. Ihre Miene zu Eis gefroren. »Um diesem Popanz mal ein Ende zu bereiten: Wie soll morgen die Bescherung ablaufen?«

Ihre Mutter sah ihren Vater an. Sie hatte sichtlich keine Lust zu antworten, wenn die Stimmung so aufgeladen war. Das überließ sie lieber ihrem Mann. Der kam besser mit seiner großen Tochter klar. Doch er legte jetzt erst einmal sorgfältig seine Serviette zusammen.

Tamara atmete hörbar aus. »Hallo! Schlafmützen! Kann mir mal jemand antworten?!«

Ihr Vater hob den Kopf, der ganz leicht zitterte. »Was hat sie gefragt?«

»Wie die Bescherung morgen ablaufen soll«, sagte ihre Mutter, stand auch auf und räumte die Teller ab. Jetzt lächelte sie nicht mehr.

»Wieso räumst du jetzt die Teller ab?«, fragte Tamara gereizt. Kannst du das nicht machen, wenn wir das besprochen haben? Die Sache geht dich doch auch etwas an.«

Ihre Mutter setzte sich wieder hin und Ingmar lachte bitter auf: »Das ist der Wahnsinn! Ich meine, du hast doch selber gerade deinen Teller abgeräumt.«

»Braver Sohnemann. Toll beobachtet. Dafür kriegst du ein Sternchen.«

»Ich gehe«, sagte Siri. Und zu Lino und Lucy gewandt: »Kommt, Mäuse. Wir gehen wieder rüber ins Hotel.« Die beiden Kinder nickten, rutschten von ihren Stühlen und verschwanden ohne einen Gruß in den Flur.

Quirin stand auch auf und steckte schnell die Hände in die Hosentaschen, um möglichst entspannt zu wirken. »Ich kann ja mit den Jungs auch schon mal rüber ins Hotel gehen.«

»Könntet ihr Marie und Finn mitnehmen?« Elisabeth zog Maries Stuhl vom Tisch. »Geht mal mit Onkel Quirin und den Jungs mit. Holger und ich kommen gleich nach.«

»Okay. Komm Finni.« Marie stand auf und nahm ihren Suppenteller. Und gleich auch noch den von ihrem kleinen Bruder.

»Ich mache das schon, mein Kind«, sagte ihre Oma und nahm ihr beide Teller wieder ab.

Elisabeth sah ihren braven Kindern nach. Finn dackelte in seinem etwas zu großen Kapuzensweater hinter Marie und Quirin aus dem Wohnzimmer. Plötzlich war es ganz still. Und in diese Stille schlich sich Elisabeths Erinnerung. Auf einmal war das Zimmer angefüllt mit bereits gelebter Zeit. Mit ihrer Kindheit, Jugend und Gegenwart. Mit all den Ehejahren von Mama und Papa. Mit all den Frühstücken, Mittagessen, Abendbroten, mit Wochenenden voller Apfelkuchen, mit Frühling, Sommer, Herbst und Winter, Licht und Dunkelheit. Weihnachtsliedern und Geschichtenvorlesen. Mit Streitereien und Tränen. Mit flirrenden Blättchen und Blumensträußen, flackernden Geburtstagskerzen und Kinderpartys, mit aufgeschlagenen Knien und umgekippten Saftgläsern. Mit Ingmars ersten Klavierübungen, Elisabeths Ballettröckchen, Tamaras verbotenen Liebschaften und heimlich gestochenen Ohrlöchern.

»Also, ich fänd's gut, wenn wir die Bescherung nicht später als siebzehn Uhr machen«, sagte Ingmar in diese Stille hinein und schob seinen halbleer gegessenen Suppenteller von sich weg. »Sonst werden die Kinder quengelig.«

»Siebzehn Uhr?« Opa faltete jetzt auch noch Omas Serviette feinsäuberlich. »Ich weiß nicht, ob ich das schaffe. Der Baum muss ja noch zurechtgesägt und in den Ständer eingepasst werden. Außerdem dauert das Schmücken ja auch etwas, die Gabentische aufbauen. Mama backt noch ihren Stollen ...«

»Den Baum kannst du doch heute schon in den Ständer stellen«, meinte Ingmar.

Sein Vater schüttelte den Kopf. »Das mache ich morgen.«

Seine Mutter stand wieder vom Tisch auf. »Wir versuchen es einfach hinzubekommen, dass wir gegen siebzehn Uhr mit allem fertig sind.«

»Das bekommt ihr nie hin. Das kenne ich schon von euch. Wegen euch war ich früher überall zu spät.« Ingmars Stimme bekam plötzlich etwas Verletztes. »Wegen euch habe ich damals sogar einen Eintrag ins Zeugnis gekriegt, weil ich nie pünktlich war.«

Es stimmte. Elisabeth wusste das. Tamara wusste das. Früher waren sie von ihren Eltern ständig zu spät gebracht oder abgeholt worden. Aber wer inzwischen selbst Kinder, einen Haushalt, Arbeit hatte, wusste längst, wie schwierig es war, alles rechtzeitig zu schaffen. Dieses in winzige Zeitfenster eingeteilte Dasein! Alles musste durchgeplant und -choreografiert werden, um wenigstens die Hälfte davon hinzubekommen. Dauernd kam etwas Unerwartetes dazwischen. Und wenn es nur der Deckel vom Marmeladenglas war, der nicht schnell genug aufging. Da war kaum Zeit zum Atmen, so war es eben. Wieso wusste Ingmar nichts davon?

»Ich möchte mich darauf verlassen können, dass die Bescherung morgen pünktlich um siebzehn Uhr anfängt.« Er stand auf und zog seinen Gürtel nach oben.

Elisabeth sah ihn irritiert an. Woher hatte er nur diese patriarchale Unterströmung? Oder war das gar nicht patriarchal, sondern eher egoman?

»Was bist du denn für ein Spießer?« Tamara schüttelte den Kopf. Fünf Jahre jünger als ich und so ein Spießer! Wahnsinn! Man könnte denken, dass wir verschiedene Eltern haben.«

Ingmars Gesicht wurde starr. Sein Blick wütend. »Gerade weil wir die gleichen Eltern haben, lege ich Wert auf Pünktlichkeit. Wenn ihr das morgen nicht bis siebzehn Uhr schafft, machen wir unsere Bescherung schon mal vorher im Hotel.«

Elisabeth bekam große Augen. »Wieso das denn?«

»Sage ich doch: Weil ich Lino und Lucy nicht so lange warten lassen will.«

»Aber wir sind doch alle hier, damit wir zusammen Weihnachten feiern können«, sagte ihre Mutter.

»Damit habe ich sowieso meine Probleme«, Ingmar sah Tamara scharf an. »Für mich ist Weihnachten kein Fest des Konsums und der Ausbeutung von Dritte-Welt-Ländern, nur, weil ich es schön günstig haben will und immer noch nicht geschnallt habe, dass der Kapitalismus unser Todesurteil ist.«

»Du bist so ein selbstgefälliger, arroganter Snob«, zischte Tamara. Plötzlich stand Holger auf. »Ich glaube, ich gehe auch mal vor die Tür und gucke, ob die anderen schon los sind.«

Er stand einfach auf und gab Elisabeth nur einen flüchtigen Kuss auf die Stirn.

»Hoffentlich haben wir ihn nicht für immer vertrieben«, meinte Tamara, als Holger draußen war. Und Elisabeths Herz fing heftig an zu schlagen. Warum konnten sich nicht einfach alle verstehen? War es nicht das, was sie als Kinder von ihren Eltern gelernt hatten? Dachte Holger jetzt, dass sie genauso verblendet war wie ihre Geschwister?

»Ich bin ein Snob?« Ingmars Stimme machte einen Sprung nach oben. »*Du* bist ein Snob. Du, mit deinen Wissenschaftsvokabeln, die angeblich nur du verstehen kannst. Überhaupt finde ich es unmöglich, wie du dich Siri gegenüber verhältst.«

»Was mache ich denn?« Tamara hob entrüstet die Hände. »Kann ich doch nichts dafür, wenn deine Frau so empfindlich ist. Typisch Einzelkind eben.«

Plötzlich schlug ihr Vater mit der flachen Hand auf den Tisch. So wie früher, wenn es ihm gereicht hatte. Augenblicklich waren alle still. Besonders ihre Mutter, die froh war, dass ihr Mann jetzt endlich mal tätig wurde. Er sagte: »Schluss jetzt. Wer seine Bescherung früher machen will, soll das machen. Mama und ich lassen uns nicht hetzen. Wir brauchen so lange, wie wir brauchen.«

»Also einundzwanzig Uhr«, sagte Ingmar. »Ich verstehe nicht, warum ihr so festgefahren seid. Keinen Millimeter könnt ihr von euren Prinzipien absehen!« Und zu Elisabeth sagte er: »Was ich auch nicht verstehe, warum du diesen fremden Mann mit hierher bringst. Hättest du nicht mal fragen können, ob uns das recht ist? Ehrlich gesagt habe ich keine Lust, mit *dem* Heiligabend zu feiern. Wer weiß, ob der nächstes Mal noch dabei ist.«

»Es tut mir leid«, flüsterte Elisabeth. Sie fühlte es. Sie war kurz davor zu weinen. Kurz davor. Momentan war sie noch schneller als sonst zu verunsichern. Da war eine tiefe Verunsicherung in ihr. Was wusste ihr Bruder schon über ihr jetziges Leben? Über ihren täglichen Kampf darum, für ihre Kinder eine schöne Kindheit hinzubekommen? Was wusste er von ihren quälenden Befürchtungen, Holger zu verlieren?

»Man spürt schon wieder deine Abhängigkeit«, sagte Ingmar. »Ich kann das kaum mit ansehen. Werd mal langsam erwachsen, damit du auch mal ohne Typen klarkommst.«

»Wie bitte?« Elisabeths Stimme war kaum noch zu hören. Ihr brach kalter Schweiß aus. Ihr Herz krampfte sich zusammen.

Dafür sagte Oma: »Also, ich finde diesen Holger sehr nett.«

»Mir gefällt er auch«, sagte Opa. »Erinnert mich an Tamaras ersten Freund, wie hieß der noch?«

Tamara sagte gar nichts. Dann doch: »Er passt definitiv besser in die Familie als Siri.«

»Du bist doch nur eifersüchtig auf sie. Weil sie ihren Traum lebt.« Ingmar stand jetzt neben dem Klavier, auf dem er früher wieder und wieder die Mondscheinsonate geübt hatte.

»Oh, bitte!« Tamara lachte laut auf. »Wach auf! Das, was Siri macht, ist kein gelebter Traum. Das ist ein Hobby. Und du bezahlst dafür! Guck dich doch mal an, wie fertig du aussiehst! Total ausgelaugt.«

»Und Quirin zahlt nicht für dich? Ich dachte, du bist so eine emanzipierte Frau und hast einen Doktor in Philologie. Stattdessen kutschierst du deine Kinder nach der Schule herum oder gehst bei Tchibo shoppen. Was ist eigentlich mit dir los?«

»Lenk mal nicht ab, Ingmar! Deine Frau wird niemals ihre Heilpraktiker-Ausbildung abschließen! In Deutschland gibt es sowieso schon viel zu viele davon. Die Zeit des Schamanismus ist vorbei! Hast du mal Zeitung gelesen? All diese Berichte über schiefgelaufene Behandlungen mit diesen Zuckerkügelchen, die angeblich tödliche Krankheiten heilen sollen. Es ist vollkommen sinnlos, was Siri da macht. Und diese Offensichtlichkeit versucht ihr zu verdecken, indem ihr einen auf glückliche Familie macht. Aber ihr seid keine glückliche Familie. Ende der Durchsage.«

Ingmar sah seine Schwester mit offenem Mund an. Dann seine Eltern. Die bewegungslos am Tisch saßen. Seine Mutter vor einem Stapel Suppenteller. Sein Vater vor einem kleinen Stapel gefalteter Servietten. Ingmar verschränkte die Arme vor der Brust. Er war ziemlich rot im Gesicht. Er wirkte wütend, aber auch erschöpft. Sein Blick haftete an seinen Eltern. »Ich verstehe nicht, wie ihr zulassen könnt, dass Tamara so mit mir spricht. Ihr seid ihre Eltern. Ich bin euer Sohn.«

Sein Vater nickte. Dann, nach einer kurzen Pause, sagte er mit wackliger Stimme: »Was soll ich dazu sagen? Ihr seid schließlich erwachsen.«

Elisabeth stand nun auch vom Tisch auf. Ihr liefen die Tränen über die Wangen. In ihrem Hals brannte die kindliche Einsamkeit. Sie flüsterte: »Sind wir das?«

3

»ICH VERSTEHE ES einfach nicht.« Elisabeth saß in T-Shirt und Unterhose auf der Kante des Hotelbettes. Marie stand im Spalt zwischen den halb aufgezogenen Vorhängen. Die Morgensonne kam zu ihnen herein. Winterlich gleißend. Hübsch sah Marie da im hellen Licht aus. Wie ein kleiner Engel. Ihr hellblondes Haar bauschte sich kraus um ihren Kopf, darunter ihr drahtiger Körper im fast bodenlangen Nachthemd. Sie breitete die Arme aus, um die Vorhänge noch weiter aufzuschieben, um noch mehr Licht in den Raum zu lassen.

Elisabeth blinzelte ins Morgenlicht. Finni hüpfte auf ihren Schoß und schmiegte sich an sie. Nebenan im Bad putzte sich Holger die Zähne. Die Tür stand offen und Elisabeth sprach gegen das Rauschen aus dem Wasserhahn an: »Erklär es mir bitte!« Ihre Stimme klang ein klein wenig aufgeregt. Dabei versuchte sie alles, um ruhig zu bleiben. Wegen der Kinder. Aber auch weil heute Heiligabend war. Außerdem wollte sie vor Holger nicht aufgeregter wirken als notwendig. Und sie wollte sich selbst nicht in eine Aufregung hineinreden. Sie wollte die Sache ganz sachlich und neutral betrachten. Die Sache zwischen ihr und ihren Geschwistern.

»Was denn?« Holger kam in weißem T-Shirt und dunkelblauer Stoffhose aus dem Bad. Er wischte sich den Mund mit dem Hotelhandtuch ab und hängte es über die Klinke der Badezimmertür.

»Warum meine Geschwister so sind, wie sie sind?«

Finni rutschte von ihrem Schoß und angelte sich in der Bewegung ihr Handy vom Nachtschränkchen. »Darf ich ein Spiel spielen?« Er hielt seiner Mutter das Telefon hin, damit sie es entsperrte.

»Meinetwegen.« Elisabeth gab den Code ein und ihr kleiner Sohn setzte sich in seinem Schlafanzug zwischen die Decken und Kissen. Es piepste und jingelte und es dauerte, bis Elisabeth das Telefon leise genug gestellt hatte, um noch einen klaren Gedanken zu fassen, während Finn damit spielte.

»Wann gehen wir denn frühstücken?«, fragte Marie und ließ sich auf den orangefarbenen Sessel am Fenster plumpsen. »Ich hab Hunger.«

»Gleich, mein Schatz. Geh doch schon mal rüber in euer Zimmer und zieh dich an.«

»Dann zieh dich aber auch an.«

Elisabeth stand seufzend vom Bett auf und Marie verschwand ins Nebenzimmer.

Während sie ihre Bluse aus dem Schrank holte, versuchte Elisabeth den Faden wieder aufzunehmen. »Ich meine, Ingmar, Tamara und ich haben uns früher wirklich gut verstanden. Wir waren so eng.« Jetzt machte ihre Stimme doch einen kleinen aufgeregten Sprung nach oben. Sie stand in Unterwäsche und offener Bluse da. Sie machte jeden Tag Sport, um für Holger attraktiv zu bleiben und natürlich auch für sich selbst. Sie wollte sich jung und fit fühlen. Nicht so leicht zu verletzen. Sie hob die Hände. »Ich meine, Tamara hätte früher ihr Leben dafür gegeben, um mich zu beschützen. Sie war meine Rächerin. Wenn mich jemand auf dem Schulhof geschubst hat, hat sie sich den sofort vorgeknöpft und dafür gesorgt, dass der mir nie wieder zu nahe kommt.« Elisabeth sah Holger mit großen, fragenden Augen an. Er kam lächelnd auf sie zu.

»Du siehst so hübsch aus, wenn du in Fahrt bist.« Er küsste ihren Hals. Er legte seine Arme um ihre Taille und zog sie zu sich heran. Er duftete frisch gewaschen. Und Elisabeth war so nackt unter ihrer offenen Bluse. Ihre Haut war weich. Ihr Körper fest und trainiert. Und dabei war sie trotzdem so niedlich. Unglaublich niedlich für ihr Alter, dachte Holger. Er flüsterte in ihr Ohr: »Warum hatten wir gestern Abend eigentlich keinen Sex mehr?«

Elisabeth gab ein ganz leises Schnaufen von sich. Ein ganz leises. Sie strich Holger mit beiden Händen über die Wangen. »Ich meine es ernst. Wirklich. Es beschäftigt mich. Warum sind meine Geschwister so, wie sie sind? Ich dachte, mein kleiner Bruder und ich sind auf ewig *so*.« Sie hielt die Hand hoch und kreuzte ihre Finger. »Dass wir uns liebhaben, dass wir uns nie verletzen, dass wir uns nah sind, dass wir nicht übereinander urteilen, weil wir doch unsere wichtigsten Lebenszeugen sind. Wir sind eine Familie. Wir sind die, die übrigbleiben, wenn unsere Eltern irgendwann nicht mehr da sind.«

Finni hob den Kopf. »Sterben Oma und Opa?«

Elisabeth lächelte und knöpfte sich die Bluse zu. »Nein, mein Schatz.«

Er tippte schon wieder auf dem Handydisplay herum. »Warum sagst du das dann?«

»Ich meinte nur, dass sie vermutlich früher zum lieben Gott gehen als meine Geschwister und ich.«

»Ach so.« Finni nickte kurz und versank dann wieder in seinem Spiel. Holger zog sich einen Pullover über. Ebenfalls dunkelblau. Elisabeth schlüpfte in ihre Jeans und schloss den Gürtel. Dabei sah sie Holger abwartend an. Warum sagte er nichts? War es so schwer, etwas zu dem Thema zu sagen? Er fuhr sich durchs Haar. »Vielleicht sind sie neidisch auf dich.«

»Wie kann man denn auf seine eigenen Geschwister neidisch sein? Ich meine, sie wissen doch alles über mich. Sie wissen, wie schwer ich es die letzten Jahre über hatte.« Elisabeth klang leider immer aufgebrachter. Sie holte tief Luft. Sie wollte sich nicht aufregen. Sie wollte ja nur hören, was Holger dazu meinte. Er zuckte mit den Schultern. »Am Ende weiß ich es natürlich auch nicht. Warum fragst du sie nicht einfach?«

Elisabeth sah ihn an. Und während sie sich vorstellte, wie sie gleich beim Hotel-Frühstück ihre Geschwister rundheraus fragte, warum sie so waren, wie sie waren, klopfte es von außen an die Tür.

Finni sprang auf. »Endlich.« Er öffnete seiner großen Schwester die Tür.

Marie trug ihren Lagen-Look. Verschiedene Oberteile übereinander. T-Shirt, Bluse, Strickjacke und eine Jeans. Dazu ihre dicken Winterstiefel.

»Ich bin fertig. Kommt ihr?«

Finni schlüpfte mit seinen nackten Füßchen in die viel

zu großen Hotel-Frotteelatschen und drängte sich damit an seiner Schwester vorbei. »Los, komm!«

»Du kannst doch nicht im Schlafanzug gehen!« Marie machte hinter ihren Brillengläsern große Augen.

»Warum nicht?«

»Weil das hier ein Hotel ist?!«

»Ja und? Hier laufen ja auch Leute im Bademantel rum.«

»Weil sie in den Wellness-Bereich gehen.«

»Weiß doch niemand, wohin ich gehe.«

Die beiden liefen voraus Richtung Lift. Elisabeth und Holger folgten ihnen Hand in Hand über den orangefarbenen Teppich, den Hotelflur hinunter, an dessen Wänden großformatige Waldbilder in saftigem Grün hingen. Moosbewachsene Baumstämme zwischen denen märchenhaft der Nebel hing. Leuchtendes Laub, durch das sanft diffuses Licht brach. Dazwischen die Türen zu den Zimmern, hinter denen irgendwo auch Tamara und Ingmar mit ihren Familien untergebracht waren.

Unten im Frühstücksraum war schon einiges los. Fast alle Tische waren belegt, dabei war es erst kurz nach acht. Aber das hatte Elisabeth schon oft in Hotels beobachtet. Die Leute schienen extra früher aufzustehen, nur, um ans Büfett zu kommen. So, als hätten sie tagelang nichts gegessen, als könnten sie sich zu Hause nicht selbst ein Rührei machen. Dabei war das Rührei in solchen Hotels bekanntermaßen ungenießbar. Elisabeth hatte sogar irgendwo gehört, dass die Hotelküchen die Eimasse bereits in großen Kanistern angeliefert bekamen und dass sie zur Hälfte aus Stärke bestand. Sie hielt Ausschau nach ihren Geschwistern, deren Anwesenheit sie hier unten schon erwartete. Allerdings mehr aus Sorge als aus Freude, mit ihnen zu frühstücken. Es war so anstrengend, gegen diese Mauer aus Distanz anzulächeln, diese Abschätzigkeit zu ignorieren, sich zu sagen: »Wir sind alle Menschen, in uns allen schlägt ein gutes Herz. Wir haben alle Gefühle.« – Warum nur verhielten sich dann die meisten nicht so?

Ihre Geschwister waren noch nicht da und Elisabeth drängte darauf, den versteckten Tisch hinter dem Pfeiler zu nehmen. In der Hoffnung, möglichst lange unentdeckt zu bleiben. Mit Sicherheit würde sie hier im orange geschwammten Frühstücksraum mit dem Fake-Efeu und den obligatorischen Weihnachtsgestecken auf den Tischen kein Gespräch mit ihrem Bruder und ihrer Schwester darüber anfangen, warum sie so »komisch« waren. Sie konnte ja nicht einmal genau belegen, an welchen Stellen ihre Geschwister »komisch« waren. Elisabeth fühlte sich einfach von ihnen »gedisst«, wie Marie und Finni sagen würden.

Ihre beiden Kinder und Holger liefen los zum Büffet. Elisabeth setzte sich, legte den Zimmerschlüssel neben das Tannengesteck mit den Zimtstangen und diesen rätselhaften lackierten Orangenscheiben – konnte man die eigentlich essen? – und wartete darauf, dass sie bei einem der Kellner für Holger und sich einen Cappuccino bestellen konnte. Sie sah den dreien am Büffet zu, wie sie sich freuten, was es alles gab. Finni bekam riesige Augen und sie hörte ihn vor Freude quieken. Was für ein süßes Stimmchen er hatte!

Elisabeth würde sich später ein Müsli mit Joghurt holen. Sie brauchte nicht so viel Essen. Eigentlich machte sie schon seit ihrem fünfzehnten Lebensjahr Diät. Einfach, um nicht zuzunehmen. Jetzt nicht verbissen, sondern einfach diszipliniert. Um die Kontrolle zu behalten. Es war witzig. Tamara hatte Elisabeth immer darum beneidet, dass ihr scheinbar alles leicht fiel. Von wegen! Es war Tamara gewesen, die in der Schule mit beneidenswerter Leichtigkeit alles hinbekommen hatte. Sie hatte ihre Hausaufgaben selbstständig gemacht, alles gewusst und verstanden, war in allen Fächern gut gewesen, während bei Elisabeth alle befürchtet hatten, dass aus ihr nichts werden würde, weil sie sich in der Pubertät für nichts Spezielles interessiert hatte. Mal abgesehen von ihren Kalorientabellen. Und so richtig los war sie diese Angst vor Kalorien noch immer nicht. Seit dreißig Jahren ungefähr, rechnete Elisabeth gerade nach, hatte sie kein Eis und keine Nudeln mehr gegessen. Nudeln mit einer Ausnahme: Nach Maries Geburt hatte sie sich in einem italienischen Restaurant einen Teller Spaghetti mit Ragout gegönnt. Das war inzwischen zwölf Jahre her und sie erinnerte sich immer noch an diesen magischen Teller Nudeln. Und daran, wie sie sich danach gefühlt hatte. Als hätte sie gesündigt. Wie eine Sünde war ihr diese Portion Nudeln vorgekommen. Wie ein Haufen Schuld, den sie verspeist hatte und der jetzt in ihr sein Unwesen trieb und den sie nicht wieder aus sich herausbekam. Jedenfalls nicht sofort. Ihre Geschwister hatten ja gar keine Ahnung, wie es sich anfühlte, so ein zwiespältiges Verhältnis zum Essen zu haben. Tamara konnte essen, was sie wollte. Die machte sich überhaupt keine Gedanken darüber. Sie biss überall hinein. Ganz egal. Sie war hungrig. Sie musste sich alles einverleiben. Und Ingmar, der war so schlank, der musste überall hineinbeißen, um nicht zu dünn zu werden. Ein schwieriges Verhältnis zum Essen zu haben war wirklich quälend. Das wurde Elisabeth genau in diesem Moment bewusst, in dem ein ganzer Frühstückssaal um sie herum aß. Die Leute bedienten sich am Büfett und kehrten mit immer neu gefüllten Tellern zu ihren Tischen zurück, als seien sie im Schlaraffenland. Nur sie verbot es sich. Elisabeth war kurz erschüttert darüber, wie sehr sie sich jeden Tag aufs Neue all das versagte. Wie sehr sie sich kontrollierte. Doch irgendwie war das Ganze hier auch pervers. Vielleicht brauchte man gar nicht so viel zu essen.

Ihre Kinder und Holger kamen zum Tisch zurück. Die Teller voll beladen. Und mit glücklichen Gesichtern. Geradezu feierlich. Als würde jetzt, in diesem Moment, eine wunderschöne Erinnerung geschaffen. Sie vier, hier zusammen, an diesem gedeckten Tisch, in diesem Frühstücksraum, in diesem Hotel, während draußen vor den großen Fenstern schon wieder still und sacht der Schnee fiel. So viel Schnee wie schon lange nicht mehr. Aus den Lautsprechern in den Raumecken erklangen die üblichen Weihnachtslieder von *Jingle Bells* bis *Stille Nacht*. Mit penetrantem Glöckchengeklingel und süßlichen Chorstimmen. Definitiv zu kitschig, aber dennoch verheißungsvoll und irgendwie besinnlich.

Holger stellte Elisabeth ein Schüsselchen mit geschnittenem Obst hin. Melone, Ananas und diese knallroten Cocktail-Kirschen. Die hatte Elisabeth schon lange nicht mehr gesehen. Dass es die überhaupt noch gab? Damals, als sie den achtzigsten Geburtstag ihrer Großmutter im Harz gefeiert hatten, vor fast dreißig Jahren, hatte es Schwarzwälder Kirschtorte gegeben und auf jeder kleinen Sahnehaube hatte solch eine knallrote Kirsche gesessen. Alle Tanten waren da gewesen, hatten ihre betagte Mutter gefeiert und gemeinsam diese riesige Torte gegessen, bis auf die Großmutter. Damals hatte Elisabeth bestimmt zwei Stücke von der Torte gegessen. Damals. Nicht heute! Hätte sie als kleines Mädchen doch bloß noch mehr davon gegessen! Sie würde bis heute davon zehren. Von diesem wunderbaren, schuldlosen Völlegefühl. Gabeln voller Sahne! Wie unabhängig und frei sie als Zehnjährige mit dieser Schwarzwälder Kirschtorte umgegangen war! Das wünschte sie sich wieder für sich. Diese Furchtlosigkeit. Wo war die hin? Elisabeth steckte sich eine von diesen roten, sehr süßen Kirschen in den Mund. »Die liebe ich!«, sagte sie.

Marie und Finni sahen sie überrascht an. »Mama, so etwas isst du doch sonst nie!«

»Doch! Diese Kirschen schon.« Elisabeth grinste. »Sie erinnern mich an meine Kindheit. Als wir den achtzigsten Geburtstag von meiner Oma gefeiert haben. Die ganze Verwandtschaft kam zusammen. Wir saßen in diesem urigen Restaurant mit dem grünen Filzteppich. Und überall hingen Hirschgeweihe an den Wänden und ...«

»Wieso hingen Hirschgeweihe an den Wänden?« Finni machte große Augen.

»Weiß nicht. So war das eben damals im Harz. Und Oma und meine Tanten saßen da, mit ihren Männern und Kindern – also meinen Cousinen und Cousins – und alle haben sich gut verstanden. Wir waren uns überhaupt nicht fremd. Ich frage mich, warum meine Geschwister und ich uns nicht so gut verstehen.«

»Warte doch mal ab«, sagte Holger. »Vielleicht wird es ja doch ganz nett.«

»Glaub ich nicht«, sagte Marie. »Es ist nie nett mit denen.«

Finni sagte nichts dazu. Er sagte grundsätzlich nichts zu solchen Sachen. Als würden ihn zwischenmenschliche Schwierigkeiten nicht interessieren. Oder als würde er bei solchen Gesprächen extra abschalten. Als sei es ihm egal, wenn Leute nicht miteinander klarkamen. Selbst schuld! Dann war das eben so. Vielleicht war er weiser als alle anderen, dachte Elisabeth. Vielleicht wusste er einfach, dass man solche Disharmonien akzeptieren musste. Kinder kamen ja mit so einer seltsamen Klarsicht auf die Welt und ihre Weisheit war noch nicht durch dieses ganze Analysieren, Interpretieren, Urteilen oder durch irgendwelche kruden Ängste total zerstückelt. Elisabeth beneidete ihren kleinen Sohn darum.

Er hob seinen Blick und mit einem Mal hatte er doch dunkle Augenringe. Die tauchten immer dann auf, wenn sich in ihm Widerstand regte. Also stresste ihn die familiäre Disharmonie doch. Sein Blick ging quer durch den Frühstücksraum zur offenen Flügeltür. Automatisch folgten Elisabeth und Marie seinem Blick und auch Holger kannte inzwischen schon die Bedeutung der dunklen Ringe und sah nun auch interessiert durch den feierlich geschmückten Raum mit all den Tannengestecken, den Glitzerkugeln, die von der Decke hingen, und den Gästen, die emsig an ihren runden Tischen speisten.

Zu *Stille Nacht, heilige Nacht* betrat Tamara die weihnachtliche Szenerie. Mit leicht erhobenem Kinn. Stolzem Blick. Sie hatte Ausstrahlung, das musste Holger zugeben. In ihrem recht eng sitzenden, zartrosa Jogginganzug mit Kapuze und einem Reißverschluss, der beinahe bis zum Bauch-nabel aufgezogen war, verströmte sie ironischerweise etwas divenhaftes. Tamara hatte wirklich ein bisschen was von Sophia Loren in *Stolz und Leidenschaft*. Irgendetwas mit ihrem Haar war heute anders. Das dunkle Braun sah ein wenig rötlicher aus als gestern.

»Hat sie sich die Haare getönt?«, fragte Elisabeth erstaunt und konnte ihren Blick nicht von ihrer Schwester abwen-den.

»Gestern sah sie jedenfalls noch anders aus«, sagte Finni und aß seine Cornflakes. Dann trank er einen Schluck Oran-gensaft und meinte: »Können wir bitte auch mal welchen Zuhause haben? Nicht immer nur diesen langweiligen Ap-felsaft ...«

Holger musste sich eingestehen, dass er ein wenig be-rauscht von Tamaras Auftritt war. Wie eine Berühmtheit winkte sie ihnen zu und schritt beschwingt zwischen den Tischen hindurch, sodass einige der Gäste automatisch auf-sahen, als könnten sie sich Tamaras Ausstrahlung ebenfalls nicht entziehen. Ihr Auftritt passte so gar nicht mit ihrem Outfit zusammen. Und genau das fand Holger toll an ihr. Sie war so anders als alle anderen Menschen, die ihm je begegnet waren. So formlos und gleichzeitig voller Grazie. So hausfrauenmäßig und gleichzeitig voller Witz und An-griffslust. Nicht, dass sich das gegenseitig ausschloss. Mei-ne Güte, solche Sachen durfte man ja in der heutigen Zeit nicht einmal denken. Er hatte nichts gegen Hausfrauen. Nur – womöglich – ein Vorurteil. Nämlich, dass sie irgend-wie dröge waren, weil nicht viel in ihrem Leben passierte, weil sie sich nur ums Aufräumen und Essenmachen kümmerten, nicht um ihre Bildung und das, was gesellschaftlich passierte. Oder politisch. Na ja. Vielleicht galt das auch nur für seine eigene Mutter.

»Na, ihr? Gut geschlafen?«

Tamara setzte sich mit Schwung auf den freien Platz am runden Tisch. Sie hatte, wie Finni, ebenfalls Hotelschlappen an den nackten Füßen und der Reißverschluss ihrer Sweatshirt-Jacke war wirklich weit heruntergezogen. Das musste Holger zur Kenntnis nehmen, als sein ungläubiger Blick an dem rosafarbenen Jogginghosenbein entlang wieder aufwärts wanderte.

»Und? Hat Lizzy dir schon von ihren Saufgelagen in der Jugend erzählt?« Tamara lachte gleich wieder los und haute mit der Hand auf die weiße Tischdecke, sodass die Löffel auf den Untertassen klirrten.

Holger fand diese Frau wirklich verstörend. Er schüttelte den Kopf. »Na ja, einiges habe ich schon gehört, aber sicherlich noch nicht alles.«

»Lizzy war eine ganz Wilde. Denkt man gar nicht so, was? Tut immer so lieb. Aber wenn das Licht ausging, war Hedonismus angesagt.« Tamara beugte sich über den Tisch, nahm sich auch eine rote Cocktail-Kirsche aus Elisabeths Schüsselchen und steckte sie sich in den Mund. »Die erinnern mich an Omas achtzigsten Geburtstag. Weißt du noch? Als wir in diesem absurden Jäger-Restaurant die Schwarzwälder Kirschtorte gegessen haben?«

»Na klar!«, antwortete Elisabeth. »Ich habe gerade den Kindern davon erzählt.« Und Holger sah, wie erleichtert sie mit einem Mal war, dass Tamara sich an etwas aus ihrer

Kindheit erinnerte. Auch Marie wirkte gleich entspannter hinter ihren roten Brillengläsern. Was für ein liebes, verantwortungsbewusstes Kind, das ständig Bauchschmerzen bekam. Für alles und jeden fühlte sich dieses Mädchen verantwortlich. Besonders für das Glück ihrer Mutter. Holger wünschte sich sehr, dass Marie spürte, dass mit ihm jetzt alles gut werden würde. Aber er hatte auch ein wenig Sorge, dass er sich zu sehr auf diese Familie einließ. Was, wenn Elisabeth ihn irgendwann nicht mehr wollte? Schließlich hatte sie schon zwei Ehen hinter sich. Womöglich langweilte sie sich schnell mit ihren Partnern? Vielleicht wollte sie sich doch gar nicht bedingungslos einlassen? Oder war sie wankelmütig?

Eigentlich machte Elisabeth überhaupt nicht den Eindruck. Vielmehr war sie sogar sehr verlässlich und ausgeglichen. Aber was sollte jetzt diese Bemerkung, dass sie eine »ganz Wilde« war? Sollte er dem irgendwie Bedeutung beimessen? Tamara lehnte sich auf ihrem Stuhl zurück, sodass Holger, Elisabeth und die Kinder nicht anders konnten, als direkt auf ihr üppig ausgestattetes Dekolleté zu starren.

»Ich dachte ja, ich hätte mit vielen Jungs geschlafen, aber meine kleine Schwester hat definitiv mit noch mehr Jungs was gehabt. Ein Wunder, dass sie nicht fünf Kinder von fünf verschiedenen Vätern hat.« Tamara lachte wieder auf und sah fröhlich in die Runde. Es war ihr anzusehen, dass sie dieses Gespräch als gelungene Kommunikation wertete.

Holger sah irritiert zu Elisabeth. Sie lächelte, so, als ginge sie das Geplauder gar nichts an. Marie war plötzlich blass geworden. Sie blinzelte nervös, aber ihre Stimme klang richtig ärgerlich: »Kannst du mal aufhören, so über meine Mutter zu reden? Ich will das nicht hören.«

»Warum nicht?« Tamara riss verblüfft die Augen auf. »Ich dachte, du seist cool.«

»Ich gehe.« Marie sprang von ihrem Stuhl auf, wobei er fast nach hinten umkippte. Finni wollte auch aufstehen. Aber Holger meinte schnell: »Bitte bleibt und lasst uns zusammen frühstücken. Es ist doch Weihnachten.«

Die Kinder setzten sich widerwillig. Mit wütenden Gesichtern und verschränkten Armen. Er wollte nicht, dass Tamara den Kindern das Frühstück kaputt machte. Er wollte diesen gemeinsamen Moment! Aber noch wichtiger war ihm eigentlich, dass die Anwesenheit der Kinder verhinderte, dass Tamara weitere Geschichten dieser Art von Elisabeth erzählte. Die erzeugten ihn ihm ein ganz ungutes Gefühl. Stress. Die Vorstellung, dass Elisabeth mit einer nicht klar zu definierenden Anzahl von Männern geschlafen hatte, war wirklich nicht schön. Er hatte schon genug damit zu tun, dass sie bereits zwei Mal verheiratet gewesen war. Allein dieser Tatsache ins Auge zu sehen, erforderte Mut von einem Mann. Seine Freunde sagten alle: »Auf so eine Frau würde ich mich nicht einlassen!« Hatten sie recht? Holger merkte, wie er still wurde und es eigentlich gar nicht mehr hinbekam, entspannt zu wirken. Er fummelte aufgewühlt an seiner Serviette herum. »Ich hole mir noch mal eben was vom Büfett.«

Er stand auf. Finni folgte ihm. Finni folgte ihm sowieso überallhin, wie sein kleiner Schatten. Finni brauchte ihn und Holger brauchte diesen kleinen Jungen. Er brauchte diese Familie. Wenn sie zusammen waren, fühlte er sich ganz zu Hause. Es war fast so, als seien die drei seine echte

Familie. Schon immer und von Anfang an gewesen. Als seien sie füreinander bestimmt. Als mache sein Leben erst jetzt wirklich Sinn. Solange diese Tamara nicht solche Geschichten erzählte. Woher sollte er da je die Sicherheit nehmen, dass diese Familie ihn nicht irgendwann wieder aussortierte? Was, wenn er in diese Familie all seine Liebe steckte und er von ihnen plötzlich wieder ausgestoßen wurde? Holgers Herz klopfte. Er nahm sich irgendetwas vom Büfett. Ein Croissant. Dabei mochte er gar keine Croissants. In seinem Kopf rauschte es. Wieso konnte diese Tamara nicht einfach den Mund halten? Wollte sie hier mutwillig etwas zum Wanken bringen? Oder merkte sie gar nicht, was sie da von sich gab? Finni lehnte sich an ihn. »Mach dir nichts draus. Die redet immer so einen Käse.«

Holger strich ihm über den Kopf. »Alles klar.« Vor Finni wollte er auf keinen Fall verweichlicht rüberkommen.

Als sie zum Tisch zurückkamen, sah Tamara Finni scharf an: »Und? Hast du Holger gesagt, dass ich verrückt bin?« Sie lachte.

Finni sagte: »Ja.«

Tamara beugte sich zu Holger hinüber, als er wieder saß. Sie tätschelte sein Knie. »Weißt du was? Die gute Nachricht ist, wenn meine Schwester es sich doch wieder anders überlegen sollte, weil sie einen neuen Mann kennengelernt hat, können wir uns ja mal treffen.«

»Bitte?« Holgers Stimme klang rau. Jetzt konnte er wirklich keinen Spaß mehr verstehen. Das war zu viel für ihn. Elisabeth sah Tamara entsetzt an. Gleichzeitig schimmerten in ihren Augen Tränen. »Kannst du bitte damit aufhören? Was soll denn das?«

»Ich meine ja nur, dass Holger definitiv dynamischer ist als Quirin. Und Jörg – mein Nachbar.« Tamara machte große, bedeutungsvolle Augen. Dann legte sie eine Hand an den Mund, zum Zeichen, dass sie jetzt allen Anwesenden ein Geheimnis verraten würde. Holger, Elisabeth und den Kindern: »Ich habe mit Jörg eine Affäre!«

»Weiß Quirin davon?«, fragte Marie trocken. Offenbar hielt dieses Kind nichts von Affären. Was Holger schon mal erleichterte. Aber bevor Tamara ihrer Nichte antworten konnte, hatte Marie ihren Bruder schon vom Stuhl gezogen und nach dem Zimmerschlüssel gegriffen. »Wir gehen hoch.«

Die beiden verschwanden Hand in Hand durch den Frühstücksraum und gerade, als sie durch die Flügeltür wollten, kamen ihnen Quirin und die Jungs entgegen. In gebügelten Hemden, Anzughosen und schicken Schnürschuhen.

4

TAMARA SPÜRTE, wie die Hitze in ihr Gesicht aufstieg. Sie spürte, wie die Scham und die Fremdheit sich selbst gegenüber, der Welt und den Kindern ihrer kleinen Schwester gegenüber, sich wie eine unüberwindliche, meterdicke Mauer zwischen ihnen aufbaute. Wieso sagte sie solche Dinge? Wieso erzählte sie dieser kleinen, zusammengewürfelten Familie etwas von Jörg? Warum hielt sie nicht einfach den Mund und beendete die Sache mit ihrem Nachbarn? Weil – Tamara merkte, dass ihre Augen feucht wurden – weil ihre kleine Schwester, ihre Nichte und ihr Neffe und vielleicht irgendwann auch dieser Holger die einzigen Menschen waren, denen sie vertraute, von denen sie sich irgendwie tief drinnen angenommen fühlte. Oberflächlich war sie misstrauisch und neidisch. Aber tief drinnen, da fühlte sie diese unzerstörbare Verbundenheit zu ihrer Schwester und sie wollte so gerne zu ihr zurückfinden. So gerne wieder ganz nah bei ihr sein, um sich selbst wieder zu spüren. So, wie sie wirklich war. Voller Liebe. Warmherzig. Klar. Sie war doch eigentlich gar keine Frau, die etwas mit dem benachbarten Familienvater anfing. Sie wollte keine Mutter sein, die betrog und ihre Ehe aufs Spiel setzte. Gleichzeitig *war* sie eine Frau, die den falschen Mann geheiratet hatte, oder zumindest nicht den, den sie sich in ihrer Jugend ausgemalt hatte. Sie hatte eher so einen sportlichen Anwaltstypen vor Augen gehabt, mit einem Intelligenzquotienten von 130–140. Einen kultivierten Mann, der aus einer kultivierten Familie kam, der genauso robust war wie ihr Papa. Sie hatte sich einen Mann vorgestellt, mit dem sie ihre geistigen Fähigkeiten, ihre körperliche Kraft messen konnte. Einen Mann, dem sie sich nicht permanent überlegen fühlte. Nichts war schlimmer für eine Frau, als sich dem eigenen Mann überlegen zu fühlen. Das durfte man ja nicht laut sagen, weil man dann sofort in den Verdacht geriet, lieber ein Hausmütterchen sein zu wollen, das davon träumte, dem Mann die Hausschuhe ans Bett zu bringen. Dass man nicht emanzipiert war, nicht für die Befreiung der Frau eintrat. Das war natürlich *Bullshit*!

Sie war eine starke Frau, sie wollte einen starken Mann. Weil sie sich nicht immer wieder zügeln wollte. Als Frau konnte man seine exorbitante Kraft nur zur vollen Entfaltung bringen, wenn der Mann nicht vor einem zurückschreckte und einknickte. Und ja! Sie, sie starke Frau, wollte – Tamara kicherte plötzlich leise – einen Herkules zu Hause haben. Einen, der sich mutig einem ganzen Heer von Angreifern entgegenwarf und es natürlich besiegte.

»Na, gut geschlafen?« Quirin blieb direkt neben dem Tisch stehen. Rechts und links von ihm die Jungs. Die drei sahen in ihren frisch gebügelten Hemden wirklich weihnachtlich aus. Und noch ziemlich verschlafen. Zumindest Quirin. Er ließ sich immer so hängen, sobald er mal freihatte. Dann konnte er kaum die Füße heben. Wo war der Mann, dem sie beim Karate im Kampf begegnet war? Es war berauschend gewesen, wie sie sich damals gegenseitig auf die Matte geschickt hatten! Zack. Zack. Zack. Wie eine Amazone war sie sich vorgekommen. Deswegen hatte sie damals gedacht, dass Quirin genau der Herkules war, nach dem sie so lange gesucht hatte. Schon von der Bedeutung seines Namens her! *Quirin, der Lanzenschwinger!* Mit dem sie ihre Kräfte messen konnte. Und der seine Kräfte an ihr messen konnte. War das nicht das, was sich ihr Vater auch immer von ihrer Mutter gewünscht hatte?

»Wir setzen uns mal da drüben an den Tisch. Da ist ein bisschen mehr Platz.« Quirin legte die Hände auf die Hüften. Seine typische Haltung, wenn er sich etwas unsicher fühlte. Tamara fand, so standen nur Frauen da, die miteinander tratschten. Aber keine Männer. Ihr Vater hatte in seinem ganzen Leben nicht ein einziges Mal so dagestanden.

»Ich komme gleich nach.« Tamara griff nach Quirins Hand. Zum einen, um sie von seiner Taille wegzuziehen, zum anderen, weil sie ihm nah sein wollte. Auch, wenn es sie echte Überwindung kostete. Aber welche Wahl hatte sie? In Gedanken immer noch etwas abwesend, hörte sie von weit her Elisabeths Stimme, die Ludwig und Georg fragte, ob sie gut geschlafen hätten. Außerdem wollte sie von Quirin wissen, ob es im Büro vor Weihnachten sehr stressig gewesen sei. Tamara hörte ihre Jungs und Quirin fröhlich erzählen. Ihr Mann lachte sogar und dann verschwanden die drei in der vertrauten Formation an einen anderen Tisch, dicht beim Büfett. Für einen Moment sah Tamara ihnen hinterher. Dann riss sie sich aus ihren Gedanken und blickte zuerst Holger, dann Elisabeth an. »Behaltet die Sache mit Jörg bitte für euch.«

Elisabeth nickte sofort. »Na klar.«

»Kein Wort zu Ingmar!« Tamara hörte, wie ihre Stimme hart wurde. Sie spürte, wie sich in ihr diese Unerbittlichkeit ausbreitete. Die wunderbare Unerbittlichkeit, die sie sich als Kind von ihrem Vater abgeguckt hatte. Dieses berauschende Gefühl, unbesiegbar zu sein, das sich einstellte, wenn man den anderen klare Befehle erteilte, ihnen zeigte, dass es unmöglich war, sich seiner Härte und Unerbittlichkeit zu entziehen. So hielt sie ihre Jungs auf Linie und auch Quirin. Aber bei Quirin machte ihr dieses Gefühl nur bedingt Spaß, weil er dann immer Angst vor ihr bekam. Da war es wieder, das Problem mit dem Mann, der sich der eigenen Frau nicht entgegenstellen wollte.

»Wir werden mit niemandem darüber reden«, versprach Elisabeth noch einmal. Tamara konnte ganz genau erkennen, dass sich ihre kleine Schwester alle Mühe gab, neutral zu gucken. So, als sei sie nicht längst dabei, ihr vernichtendes Urteil über Tamara zu fällen. Elisabeth war so eine Heuchlerin. Es war klar, dass Lizzy nichts von außerehelichen Liebschaften hielt. Dafür war sie viel zu moralisch. Sie fürchtete dieses verhängnisvolle Versteckspiel. Die verbotene Lust. Sie dachte eben nicht literarisch genug. Elisabeth glaubte unerschütterlich an die große Liebe, trotz ihrer überdurchschnittlichen Anzahl von Ex-Ehemännern und Trennungen. Langsam sollte Elisabeth es doch wissen, dass man manchmal mit einem Partner zusammen war, der einem nicht alles gab, was man brauchte.

Als intellektuelle Frau hatte man daher Liebschaften. Punkt. So war das eben. Zum Zeichen der eigenen Unabhängigkeit, der eigenen Vielschichtigkeit, und um dem Bedürfnis nachzukommen, aus gewohnten Konventionen auszubrechen. Wobei Elisabeth vermutlich gesagt hätte: »Eine Affäre ist derart konventionell, dass es schon an Peinlichkeit grenzt.« Aber mit dieser Sichtweise bekämpfte sie nur ihre immense Furcht, selbst betrogen zu werden.

»Na gut. Ich gehe dann mal zu meiner Kernfamilie.« Tamara stand auf und zog sich unbewusst den Reißverschluss ihrer Jacke höher. Mit einem Mal spürte sie diesen alten Wunsch, ins Kloster zu gehen. Davon hatte sie als Jugendliche geträumt, wenn sie wieder in fremden Gefilden gewildert hatte: ins Kloster zu gehen. Um dort – allein unter Frauen – wieder die Kontrolle zu erlangen. Über sich, ihre Sehnsüchte, ihren Hunger. Um geheilt zu werden von ihrer Unersättlichkeit und dem Verlangen nach Dominanz. Tamara musste es zugeben: Sie war keine ganz ausgewuchtete Person. In ihrer Brust lebten zwei Seelen. Aber auch das war ja bekanntlich ein beliebtes literarisches Motiv.

Sie merkte, wie ihre Hände ganz leicht zitterten, als sie den Stuhl zurück an den Tisch schob. Elisabeth und Holger sahen sie jetzt mit großen Augen an. Was dachten sie von ihr? Dass sie eine Verräterin war? Eine niveaulose Frau, die ordinäre Dinge tat? Solche Sachen dachte jetzt bestimmt die zwölfjährige Marie. Oben im Hotelzimmer. Genau solche Sachen, weil dieses Kind natürlich viel besser als die meisten Erwachsenen wusste, was es in aller Konsequenz bedeutete, wenn Eltern keine Lust mehr auf ihre Verantwortung hatten. Warum hatte sie bloß von Jörg erzählt? Tamara riss sich zusammen und lächelte: »Also dann, Frohe Weihnachten!«

Sie schlappte mit den Frotteelatschen an den Füßen möglichst anmutig durch den Raum zum Tisch ihrer drei Männer. Sie setzte sich, schlug die Beine übereinander und sagte: »Das ist ja schön, dass ihr ausnahmsweise mal nicht mit euren Handys spielt.« Und zu Quirin, der gerade sein Rührei verspeiste, sagte sie: »Hältst du mich auch für eine schlimme Frau?«

Quirin verschluckte sich beinahe an seinem Rührei. Er tupfte sich den Mund mit der Serviette ab und schüttelte den Kopf. »Wie kommst du darauf?«

Tamara zuckte mit den Schultern und sah wieder hinüber zum Tisch ihrer kleinen Schwester. »Weil mich Elisabeth und ihre Kinder für eine schlimme Frau halten.«

»Wieso sollten sie das?« Quirin blickte Tamara ratlos an. Er hatte wirklich keinen blassen Schimmer, wer sie eigentlich war. Keinen blassen Schimmer. Welche Abgründe in ihr lauerten, bekam er gar nicht mit. Tamara zuckte wieder mit den Schultern.

»Keine Ahnung. Ich spüre das einfach. Guck doch mal, wie Elisabeth sich jetzt über den Tisch beugt, um ihrem neuen Freund hektisch allerlei Dinge über mich zuzuflüstern. Wie schlimm ich bin und so weiter.«

»Mama, ich glaube, du siehst Gespenster«, sagte Ludwig und löffelte sein Müsli.

Und auch Georg meinte: »Du siehst immer Gespenster. Ständig meinst du, die anderen Leute reden schlecht über dich.«

»Tun sie ja auch.«

Quirin wiegte den Kopf. »Na ja, also sicherlich siehst du nicht nur Gespenster. Vielleicht trittst du den anderen manchmal schon etwas heftig gegenüber, sodass sie im ersten Moment irritiert sind. Gut, damit müsste man als erwachsener Mensch umgehen können. Aber die meisten Menschen sind davon erst einmal irritiert. Da kannst du dir entweder sagen ›Ist mir egal‹ oder mal probieren, was passiert, wenn du nicht ganz so massiv auftrittst.«

Jetzt war es still am Tisch. Tamara nahm wahr, dass ihre beiden Jungs angespannt zwischen ihr und Quirin hin- und hersahen. Das war so ein Moment, in dem es bei ihnen zu Hause normalerweise krachte. Doch dazu kam es heute nicht. Denn genau jetzt kamen Ingmar und seine Familie in den Frühstücksraum. Und Tamara hatte nur noch Augen für sie. Und genau jetzt musste sie sich eingestehen, dass auch sie schlecht über andere Menschen dachte – explizit über ihre Schwägerin, ihren Bruder und sogar über seine Zwillinge. Wobei die am wenigsten für ihre anerzogene Piefigkeit konnten. Sie hatten eben piefige Eltern. Ingmar hatte einen Norwegerpulli an und Siri auch. Krass! Partnerlook – in dem Alter! Die Zwillinge drückten sich an ihre Eltern, als seien sie noch nie in einem Frühstücksraum gewesen. Ingmar winkte ihr kurz zu, indem er minimal seine Hand hob. Was für ein Klemmi! Dann bewegte sich die Familie hinüber zum Büfett, wo die Kinder plötzlich lebendiger wurden. Als hätte man bei ihnen einen Schalter umgelegt. Mit ihren Händchen griffen sie in die Körbe mit den kleinen in Plastik verpackten Nutella-Portionen. Lino wollte sich sogar einige davon in die Taschen seines Kapuzenpullis stecken. Wozu es nicht kam, weil Siri und Ingmar synchron eingriffen und die Plastikverpackungen wieder in die Körbe zurücklegten. Bis auf eine. Die durfte Lino behalten. Und auch Lucy bekam nur eine. Wozu Siri ihren Zeigefinger hob und für alle relativ gut hörbar sagte: »Das ist Zucker in Plastikmüll.«

Die Zwillinge zeigten sich sofort einsichtig und gingen mit je einem Brötchen auf ihren Tellern in Richtung Elisabeths Tisch. Ingmar und Siri folgten ihnen, stellten ihre Teller bei Elisabeth ab, um sich dann ganz selbstverständlich einen zweiten Tisch heranzurücken. Nun saßen sie da drüben alle zusammen. Abgetrennt von Tamara und ihrer Familie. So war es schon gewesen, seit Ingmar auf die Welt gekommen war! Er hatte sich einfach zwischen Elisabeth und sie gedrängt. Dieses kleine, süße Bürschchen. Dabei hatte Tamara gedacht, dass Elisabeth und sie für immer die Unzertrennlichen sein würden. Tamara spürte, wie schon wieder der Schmerz in ihr aufstieg. Ihre Augen brannten. Sie und Elisabeth hatten die ersten Jahre ihrer Kindheit in Zweisamkeit verbracht, wie konnte Ingmar einfach kommen und Elisabeths gesamte Aufmerksamkeit erobern? Es tat weh. Es tat noch immer weh. So, wie es damals schon wehgetan hatte. Tamaras Kinn zitterte. Sie wollte eigentlich nur weinen. Den Kopf auf der Serviette ablegen und weinen. Aber allein die Vorstellung, dass ihre Jungs sie so aufgewühlt sehen würden, dass Quirin ihr hilflos über den Rücken streichen würde und die Jungs flüstern würden: »Mama, das ist so peinlich!« Nein, hier konnte sie nicht weinen. Ihre Jungs dachten sowieso schon, dass sie ihre Gefühle nicht beherrschen konnte.

Sie wollte sich an ihren Papa schmiegen und weinen. Als kleines Mädchen an die Brust von ihrem Anfang-Vierzig-Papa. Ihm wollte sie von ihrem Schmerz erzählen. Sie wollte von ihm gehalten und beschützt werden. Sie wollte von ihm hören, dass in ihrem Leben alles gut werden würde, dass endlich dieser Hunger aufhören würde, dass sie endlich so stark werden würde wie er. Dass sie im Einklang sein würde – mit sich und der restlichen Welt. Mit allem, was um sie herum passierte. Dass sie ihren Platz finden und dort sicher stehen würde. Ihr Papa würde ihr übers Haar streichen und endlich zu ihr sagen: »Meine kleine Tamara, ich bin stolz auf dich.«

»Ich muss zugeben, ich finde es schon ein bisschen komisch, dass die sich da bei Elisabeth einfach hinsetzen und uns nicht mal ›guten Morgen‹ sagen.« Quirin schnitt sein Brötchen in der Mitte auf und strich bedächtig Butter darauf. »Da wäre ich auch sauer an deiner Stelle.«

Tamara sagte nichts. Sie versuchte, sich einfach nur wieder innerlich zu stabilisieren. Sie wollte jetzt nicht auf Quirins Bemerkung einsteigen, um die Abtrennung von ihren Geschwistern nicht noch weiter voranzutreiben. Sie wollte nur noch etwas essen.

»Können wir nächstes Weihnachten bitte zu Hause bleiben?« Ludwig holte sein Handy aus der Tasche. Georg auch. Sie ließen sich nach hinten gegen ihre Stuhllehnen fallen und spielten ihr Spiel. Offenbar hatten ihre Jungs keine Lust mehr auf diesen ganzen Krampf.

Tamara stand auf. »Tja, vermutlich muss ich endlich einsehen, dass ich in dieser Familie nichts mehr verloren habe.« Und zwar weder in der einen noch in der anderen, fügte sie im Stillen hinzu. Sie ging hinüber zum Büfett, wo sie sich ihren Teller volllud. Mit diesen kleinen Bratwürstchen, mit Rührei, zwei Croissants und einem Stück Weihnachtsstollen. Um wenigstens für einen Moment diesen Hunger in sich zu stillen.

»Na, Raupe Nimmersatt?« Ingmar stand plötzlich neben Tamara. Mit frischgebundenem Weltverbesserer-Pferdeschwanz. Er hatte seine Hände in den Hosentaschen und gab sich lässig. Dazu lächelte er ganz leicht. So von oben herab. Raupe Nimmersatt? Was meinte er damit? Dass sie unersättlich war und er bereits wusste, dass sie etwas mit ihrem Nachbarn hatte? Vermutlich hatte Elisabeth die Sache mit Jörg gleich mal ausgeplaudert. Um mit Ingmar zu *bonden*. Anders denn als eine abschätzige Stellungnahme zu ihrer Liaison mit Jörg konnte der Kommentar ihres kleinen Bruders kaum gewertet werden.

»Wenigstens habe ich noch Sex.« Tamara sah ihn durchdringend an. Dann drehte sie sich um und ging zurück zum Tisch, wo inzwischen nur noch Quirin saß.

Ingmar sah seiner großen Schwester nach. Warum um alles in der Welt trug sie diesen schweinchenfarbenen Trainingsanzug? Und wieso reagierte sie derart aggressiv auf seinen Versuch, sich ihr irgendwie zu nähern? Ihre ständige Abwehr war ihm genauso fremd wie ihr Jogging-Aufzug zu Weihnachten. Dieses Geschmacksmuster konnte nicht von ihren Eltern stammen. Im ganzen Haus hatte es nie etwas Rosafarbenes gegeben. Genauso wenig hatte es je aggressive Stimmung gegeben. Alles war – seiner Erinnerung nach – in Frieden geklärt worden. Vielleicht war das der Grund für Tamaras Exzesse? Und warum reagierte sie gleich so allergisch auf ihn? Er hatte doch nur einen kleinen Scherz machen wollen, um die Stimmung aufzulockern. Tamara sollte sich wirklich mal in Therapie begeben. Sie war unglaublich schnell aus der Bahn zu werfen! Mit jemandem, der so prompt überall Feinde sah, mit dem konnte man gar nicht zusammen Weihnachten feiern – geschweige denn verheiratet sein.

Ingmar nahm sich noch ein Stück Stollen und ging dann zurück zu den anderen. Zum Glück war seine Schwester Elisabeth nicht ganz so schnell auf der Palme. Er fand es nur nicht so gut, dass sie sich – trotz Kindern – dauernd trennte. Das machte ihm irgendwie Angst und er kam nicht umhin, es ihr gewissermaßen übel zu nehmen. Schließlich wollte er für seine Kinder ein heiles Zuhause. Er wollte daran glauben, dass Ehen hielten und seine Eltern nicht nur eine Ausnahme darstellten. Die Prognosen sahen gegenwärtig so schlecht aus. Jede zweite Ehe ging in die Brüche! Da lag Elisabeth mit ihren Trennungen nur etwas über dem Durchschnitt. Und Tamaras Ehe war nicht wirklich aussagekräftig. Das, was sie da mit ihrem Quirin veranstaltete, hatte für Ingmar nicht viel mit Ehe zu tun, eher mit Zweckgemeinschaft. Aber was, wenn Siri erst mit ihrer Ausbildung fertig war und auf eigenen Beinen stand? Würde sie dann von ihm auch die Nase voll haben? Berufstätige Frauen waren echt gefährlich für Männer. Sah man ja an Elisabeth und ihren Ehen. Frauen, die arbeiteten, konnten sich trennen. Wann immer sie wollten. Na ja. Das waren so seine Gedanken.

Als er sich wieder hinsetzte, waren Lucy und Lino gerade dabei, ihre braunen Nutella-Schälchen mit den Fingern auszuwischen. Er grinste: »Und? Schmeckt's?«

Seine Kinder nickten und Lucy piepste: »Ich nehme meine Verpackung mit nach Hause. Vielleicht können wir ja mal ein großes Glas Nutella kaufen. Dann kann ich immer etwas davon in diese kleine Packung füllen und sie mit der Alufolie wieder zumachen. Dann sieht es so aus, als hätte ich eine neue Packung davon.«

»Wieso willst du unbedingt Nutella aus so einer winzigen Plastikverpackung essen?« Siri schüttelte milde lächelnd den Kopf.

»Weil ich die so niedlich finde.« Lucy hielt die leere Packung ganz fest. »Oben im Hotelzimmer wasche ich sie aus.«

Ingmar strich ihr über das dunkle Haar. Er kannte dieses großartige Gefühl, etwas ganz Besonderes zu besitzen. Und dieses großartige Gefühl erlebte man nur, wenn man nur selten etwas Neues bekam. So war es früher auch in seiner Kindheit gewesen. Seine Geschwister und er hatten nie viel bekommen. Nicht, weil sie irgendwie arm gewesen wären, sondern einfach, weil seine Eltern es gut gefunden hatten, den Konsum in Grenzen zu halten und die Kinder nicht zu verwöhnen. Und genau so hielt er es jetzt mit Lino und Lucy. Weil Siri und er das beide richtig fanden. Allerdings vor allem zum Schutz der Umwelt. Ihre Kinder sollten auch mit ein paar Steinen und Ästchen glücklich und von Besitz unabhängig sein können. Er wollte für seine Kinder noch eine Zukunft. Es konnte einem angst und bange werden, wie wenig der Klimawandel ernst genommen wurde. Er versuchte, die Sache mit kühlem Kopf zu sehen, aber Siri bekam abends manchmal richtig Panik, weil sie sich den Entwicklungen so hilflos gegenübersah. Warum die Politiker nichts machten, sie einfach die Arktis schmelzen ließen und so weiter! Darum ging Siri auch einmal in der Woche zu den Zwillingen in die Grundschule, um dort klassenweise über umweltbewusstes Handeln aufzuklären. Und tatsächlich zeigte Siris Engagement schon erste Früchte. Eltern kamen zu ihr und erzählten davon, wie leidenschaftlich ihre Kinder jetzt Müll trennten und keine Würstchen mehr essen wollten, wegen der Massentierhaltung.

Ingmar legte seine Hand auf Siris Hand, die etwas kalt war. Ihr Gesicht sah angespannt aus. Er bewunderte sie wirklich. Vor allem auch, weil sie nach dem Pädagogik-Studium jetzt noch eine Heilpraktiker-Ausbildung begonnen hatte. Die mehr als anspruchsvoll war! Was seine Frau alles zu lernen hatte! Manchmal übte er mit ihr, wenn die Zwillinge im Bett waren, und fragte sie ab. Wie das Nervensystem aufgebaut war. Die Funktionsweise der Niere. Nichts davon konnte sich Ingmar merken. Es war schön, dass er und Siri gemeinsam an einer Sache arbeiteten, dass er sie unterstützen konnte, so, wie sie ihn unterstützte. Und es war schön, dass sie beide gleichermaßen der Meinung waren, dass ein Leben ohne riesigen CO_2-Fußabruck auch möglich war. Vermutlich war es überflüssig, sich solche Sorgen um seine Ehe zu machen. Es war doch alles gut.

Er sagte zu Lino und Lucy: »Hört mal, es kann sein, dass die anderen heute Abend mehr Geschenke bekommen als ihr.«

»Ja, und?«, sagte Siri. »Das ist doch keine große Sache, oder?«

Lino und Lucy schüttelten die Köpfe.

Ingmar sah Elisabeth an. »Ihr macht ja hoffentlich auch nicht so einen Geschenkewahnsinn daraus, oder?«

»Woraus?«, fragte Marie, die mit Finni wieder nach unten gekommen war und jetzt neben dem Tisch stand. Elisabeth zog ihren kleinen Sohn auf den Schoß und lächelte Ingmar an. »Auf keinen Fall. Wir haben nur ein ganz paar Sachen. Also, wir natürlich sowieso nicht. Der Weihnachtsmann bringt ja schließlich die Geschenke.«

»Kommt der Weihnachtsmann nachher zu Oma und Opa?«, fragte Lucy erschrocken und lehnte sich an Siri. »Wann denn?«

Elisabeth zuckte mit den Schultern. »Keine Ahnung? Wenn es draußen dunkel ist und Oma und Opa mit allem fertig sind.«

Lucy schmiegte sich noch enger an Siri in ihrem Norwegerpulli. »Ich will aber nicht, dass der Weihnachtsmann kommt!«

»Aber warum denn nicht?«, fragte Ingmar mit extra fröhlicher Stimme. »Der ist doch nett! Der bringt Geschenke und fragt euch, ob ihr ein kleines Gedicht aufsagen könnt.«

Lucy fing an zu schluchzen und Siri sah Ingmar böse an. »Was redest du denn da? Es gibt keinen Weihnachtsmann! Außerdem können die Kinder gar kein Weihnachtsgedicht aufsagen.«

»Aber das können wir doch noch lernen.« Ingmar wollte am Weihnachtsmann festhalten. Den fand er irgendwie gut. Außerdem fand er, dass es nicht immer nur nach Lucy gehen konnte. Er beugte sich zu ihr vor und sprach mit raunender Stimme: »*Es treibt der Wind im Winterwalde, der Flockenherde wie ein Hirt …*«

Lucy schüttelte den Kopf. »Ich will aber nicht!«

»Warum denn nicht?« Ingmar setzte sich seufzend wieder auf. Er fand die Idee wirklich schön, dass ein Weihnachtsmann kam. Er tätschelte Lucy aufmunternd das Knie.

»Der Weihnachtsmann ist doch toll!« Holger und er mussten sich nur noch absprechen, wer von ihnen beiden den Weihnachtsmann spielte. Oder war das schon abgemachte Sache, dass Holger den Part übernahm?

»Ich will aber nicht!«, rief Lucy noch einmal und haute mit dem Fäustchen auf den Tisch, sodass eine Gabel auf den Boden flog.

»Ich finde, wir lassen das mit dem Weihnachtsmann.« Siri zog Lucy zu sich heran, als müsste sie beschützt werden. Seine Frau war sauer. Das konnte Ingmar sehen. Keine Ahnung, was Siri gegen den Weihnachtsmann hatte. Man konnte die Kinder ja nicht vor allem und jedem beschützen – und schon gar nicht vor dem Weihnachtsmann. Der tat einem ja nichts. Warum also eine Gefahr aufbauen, wo keine war?

»Aber wir können dem Weihnachtsmann nicht einfach verbieten zu kommen! Das ist sein Job!«, sagte Elisabeth nun auch ungewohnt gereizt.

Siri lachte leicht verächtlich. »Wem versuchst du denn den Quatsch einzureden? Holger wird froh sein, wenn er sich das Theater sparen kann.«

Finni fragte erstaunt: »Ist Holger der Weihnachtsmann?«

»Natürlich nicht«, sagten Holger und Elisabeth schnell. Und Ingmar verstand, als er mit der zwölfjährigen Marie kurze Blicke austauschte, dass Finni offenbar – trotz seiner sieben Jahre – noch immer an den Weihnachtsmann glaubte. Den wollte Ingmar ihm nicht streitig machen. Dieser Junge war ein Trennungskind, da sollte er wenigstens den Weihnachtsmann behalten. Siri schien das allerdings nicht so zu sehen. »Wenn der Weihnachtsmann kommt, werden die Kinder und ich im Hotel bleiben. Lucy zittert ja jetzt schon vor Angst.«

Da meinte Lino: »Also, ich habe keine Angst vor dem Weihnachtsmann.«

»Na prima, dann feiern Lucy und ich doch einfach ohne euch im Hotel.«

»Wir können ja den Weihnachtsmann anrufen und sagen, dass er nur für die Jungs etwas bringen soll«, schlug Elisabeth vor. Ingmar sah, dass sie sich alle Mühe gab, weitere Spannungen zu vermeiden.

»Aber Lucy will nicht, dass der Weihnachtsmann überhaupt klingelt«, sagte Siri.

Und an dieser Stelle war Ingmar ein ganz bisschen genervt von Siri. Warum konnte sie die Sache nicht einfach gut sein lassen? Sah sie nicht, dass Elisabeth wirklich alles versuchte, um einen Konsens zu finden? Dass sie sich mit Holger etwas Schönes für die Kinder überlegt hatte? Vielleicht war Siri sogar schuld daran, dass er und seine Schwester nicht mehr so viel miteinander zu tun hatten? Weil sie alles blöd fand, was von seiner Familie kam.

»Dann eben nicht.« Elisabeth stand vom Tisch auf. Ingmar spürte diesen Stress, den er auf keinen Fall hatte spüren wollen. Das ganze Jahr über war es schon so stressig in seinem Umwelt-Institut gewesen. Lauter Gespräche und Termine, die zu nichts führten. Nicht zu überzeugende Entscheidungsträger. Dieser ständige Widerstand auf allen Ebenen. Stillstand und gegenseitiges Blockieren. Keinen Konsens. Jetzt bitte nicht auch noch zu Weihnachten! Er sah Elisabeth flehend an. Das half meistens, damit sie Mitgefühl bekam. Aber sie rückte plötzlich ihren Stuhl nach hinten und guckte niemanden mehr an. Sie murmelte: »Ich gehe hoch ins Zimmer.« Und dann doch mit einem flüchtigen Blick zu Ingmar: »Wollen wir so in einer halben Stunde los zu Mama und Papa und ihnen bei den Vorbereitungen helfen?«

»Nee! Eher in eineinhalb Stunden, wir frühstücken ja gerade noch«, sagte Siri. »Und dann wollte Ingmar mit den Kindern noch kurz in den Park und einen Schneemann bauen.«

»Ja, und gleichzeitig wolltest du um siebzehn Uhr Bescherung machen und Siri will keinen Weihnachtsmann. Können wir sonst noch etwas für euch tun?« Elisabeth durchbohrte Ingmar geradezu mit ihren Blicken. Jetzt reichte es sogar ihr. »Merkt ihr eigentlich, dass es immer nur um euch geht? Um euch und eure engstirnigen, egoistischen Vorstellungen?«

Elisabeth schob den Stuhl mit einer heftigen Bewegung wieder an den Tisch zurück. Ingmar wusste gar nicht, was er sagen sollte. Die Stimmung war so schnell gekippt. Und das, was Elisabeth da sagte, traf überhaupt nicht zu. Jedenfalls nicht auf ihn. Seinem Gefühl nach versuchte er, permanent zu vermitteln und zueinander zu finden. Warum merkte Elisabeth denn gar nicht, wie sehr er sie manchmal wirklich brauchte? So wie früher, als sie sich noch gegenseitig am Telefon unterstützt hatten?

Marie, Finn und Holger standen ebenfalls auf. Holger nickte Ingmar noch mal zu, wohl ehrlich bemüht, sich nicht in die geschwisterlichen Streitigkeiten hineinziehen zu lassen. Dann rauschten die vier aus dem Frühstücksraum. Und am Ende des Saales eilte Tamara gleich hinterher. Vermutlich, um sich schnell mit Elisabeth zu verbünden. Die Mühe konnte sie sich sparen. Ingmar würde mitkommen zu ihren Eltern. Und zwar ohne Siri, ohne Holger, ohne Quirin und ohne die Kinder. Jetzt musste von Grund auf neu verhandelt werden, wer welche Position in dieser Familie hatte. So jedenfalls konnte es nicht weitergehen. Ingmar stand auf und legte seine zerknüllte Serviette hin.

Siri fragte erstaunt: »Wohin gehst du?«

Und wie ein zartes Echo wisperten die besorgten Stimmen seiner Kinder: »Wohin gehst du, Papa?«

Er strich Lino und Lucy über die Haare und gab seiner Frau einen Kuss auf die Wange. »Mit meinen beiden großen Schwestern zu Oma und Opa. Wir haben etwas zu klären. Geht schon mal vor in den Park. Wir sehen uns später!«

5

IHRE ATEMWOLKEN standen in der feuchtkalten Luft, als Ingmar, Elisabeth und Tamara vor der blau gestrichenen Haustür ihrer Eltern auf dem Fußabtreter stehen blieben. Vom Hotel an der Hauptstraße waren sie ziemlich schnell quer durchs Wohnviertel hierher gelaufen. Ohne ein Wort zu sagen. Nur mit dem quietschenden Schnee unter ihren Sohlen. Das, was sie zu sagen hatten, wollten sie gemeinsam vor ihren Eltern ausbreiten. In der Hoffnung, dass sie Unterstützung von Mama und Papa bekamen, dass sie von ihnen verstanden wurden, dass jeder von ihnen in seiner Einzigartigkeit, in seinen Bemühungen gesehen wurde. Alle drei fühlten sich gerade so unverstanden. Sie waren richtig sauer aufeinander. Obwohl es Heiligabend war. Oder genau darum! Alle drei brannten darauf, den anderen mal ganz genau zu erläutern, worin die Ungerechtigkeit lag, warum sie nicht zueinander fanden, wie immens die Kompromisse waren, die sie schon die ganze Zeit bereit waren, still und ohne großes Brimborium einzugehen.

Ihre Eltern sollten sich das alles anhören und zwischen ihnen vermitteln. Sie sollten schützend die Hand über dieses längst fällige Gespräch halten, damit sich niemand von ihnen zu Unrecht verteidigen musste. Es ging darum, dass ihre Eltern wieder für Ordnung sorgten und sagten, dass es jeder von ihnen so gut machte, wie er konnte. Dass sie alle liebe Kinder waren, dass sie ihre alltäglichen Anstrengungen sahen. Und dass sie wussten, wie schwer sie es alle in ihren Leben hatten.

Dafür hatten Ingmar, Elisabeth und Tamara ihre Partner mit den Kindern in den Park geschickt. Da konnten sie auf der schneebedeckten Wiese ein paar Schneemänner bauen. Sie hatten ja alle Handys. Sobald hier das prekäre Gespräch geschafft war, durften ihre Familien nachkommen und alles Weitere konnte endlich nach Plan laufen. Oder noch viel besser? Vielleicht bestand ja sogar die Chance auf ein schönes Weihnachtsfest. Mit Weihnachtsmann.

Ingmar sah seine Schwestern an. »Ich drücke dann jetzt auf die Klingel.«

Elisabeth hob die Augenbrauen. Ihr war die Sache sichtlich peinlich. Darum lächelte sie einfach nur. Auch, weil sie irgendwo gelesen hatte, dass nach oben gehobene Mundwinkel sogar bei einem selbst für positive Stimmung sorgten.

Tamara atmete hörbar aus. »Mach nicht so eine große Sache draus. Drück drauf und fertig.«

Elisabeth lächelte. Und lächelte und fühlte sich tatsächlich irgendwie gut. Sie fand, dass Tamara sich langsam mal wieder einkriegen konnte. Es war doch schon mal ein Fortschritt, dass sie es zu dritt geschafft hatten, sich auf ein klärendes Gespräch zu einigen. Dazu war es wichtig, dass man sich nicht weiter anfeindete oder genervt voneinander war. Wichtig war, jetzt offen zu bleiben und ein Interesse daran zu haben, dass sie sich als Geschwister wiederfanden.

Mit einem Mal grinste Tamara auch, aber eher so, als fände sie das ganze Theater lächerlich. Als würde sie nicht daran glauben, dass sie sich auch nur einen Millimeter würden aufeinander zu bewegen können. Und das äußerte sie auch: »Weißt du was, Ingmar? Eigentlich habe ich gar keine Lust, mir deine Ausführungen anzuhören. Ich weiß sowieso schon, was du sagen willst.«

Ingmar atmete tief ein und aus und guckte hoch in den sonnigen Himmel. Elisabeth spürte, dass er sich alle Mühe gab, sich nicht von Tamara provozieren zu lassen. Er gab ein kaum hörbares, verächtliches Schnaufen von sich und drückte noch einmal auf die Klingel. Doch niemand kam, um die Tür zu öffnen.

»Vielleicht haben Mama und Papa die Klingel nicht gehört. Manchmal hakt die ja etwas.« Elisabeth legte ihr Ohr an die Haustür und drückte noch einmal auf den Klingelknopf. Drinnen erklang die Türglocke. Sie lauschte weiter. Hinter der Tür rührte sich nichts. Keine schlurfenden Schritte ihres Vaters. Keine Zwischentür, die im Flur geöffnet und wieder geschlossen wurde. Nichts. Kein noch so winziges Geräusch. Elisabeth klingelte noch einmal. »Vielleicht sind sie oben und machen sich gerade fertig?«

»Um halb elf?« Tamara sah auf ihr Handy. »Das dürfte ein bisschen knapp werden, wenn wir um siebzehn Uhr schon Bescherung machen wollen.«

»Oder sie sind draußen im Garten, um den Weihnachtsbaum zurecht zu sägen?«, überlegte Ingmar.

»Aber doch nicht beide. Mama wollte ja noch ihren Stollen backen.« Elisabeth drückte zweimal hintereinander auf die Klingel. Sie schloss die Augen, um besser durch die Tür hören zu können. Nach ein paar Sekunden flüsterte sie: »Ich höre nichts.« Schließlich beugte sie sich hinunter und klappte den Briefschlitz in der Tür auf, um ins Innere des Hauses zu sehen. So hatten sie es als Kinder gemacht, wenn sie draußen gespielt hatten und rein wollten. Sie hatten durch den Briefschlitz gerufen oder geguckt, ob sie ihre Eltern irgendwo im Wohnzimmer ausfindig machen konnten, wenn sie nicht gleich öffneten. Meistens waren sie draußen im Garten mit den Blumenrabatten beschäftigt gewesen. Oder hatten auf der Terrasse Tee getrunken. Vom Briefschlitz aus konnte man tatsächlich durch die Wohnzimmerglastür bis hinaus in den Garten sehen. Aber da draußen, zwischen den winterlichen Sträuchern und dem kahlen Walnussbaum, waren weder Mama noch Papa zu entdecken. Elisabeth richtete sich wieder auf. Kurz sah sie vor ihren Augen kleine explodierende Sternchen tanzen. »Sie sind nicht da.«

»Das kann doch nicht sein«, sagte Tamara und hämmerte nun mit der Faust gegen die Tür. »Meint ihr, die sind noch was besorgen?«, fragte Ingmar.

Tamara hämmerte noch einmal gegen die Tür. »Was sollen die denn besorgen? Geschenke, oder was?«

Aber als ihnen auch fünf Minuten später noch niemand öffnete, bekam Tamara plötzlich einen ganz schmalen Mund. Sie sah angespannt aus. Als kämen in ihr all die bedrohlichen Gefühle auf, die sie Tag für Tag mit aller Kraft unterdrückte und auf gar keinen Fall zulassen wollte. Was auch immer das für Gefühle waren, sie schienen mächtig und beängstigend zu sein. Ingmar war mit einem Mal blass. Die zarte Röte, die die Kälte ihm eben noch auf die Wangen gemalt hatte, war mit einem Schlag wieder weg. Er steckte die Hände in die Taschen seines dunkelblauen Parkas, zog die Schultern hoch und sah aus wie ein kleiner Junge, der sich fürchtete. Seine Stimme klang brüchig. »Meint ihr, Mama und Papa ist etwas passiert?«

»Quatsch.« Tamara drückte noch einmal auf die Klingel. »Was soll ihnen denn passiert sein?«

»Keine Ahnung! Sie sind nun mal nicht mehr die Jüngsten.« Ingmars Stimme zitterte ganz leicht und er sah Elisabeth hilfesuchend, fast flehend an. Als würde er von ihr beruhigt werden wollen, als bräuchte er dringend ihre schwesterliche Sicherheit. Er wollte hören, dass alles in Ordnung war. Dass er nicht verloren war in dieser Welt.

Elisabeth lächelte unablässig weiter, obwohl sie inzwischen selbst etwas beunruhigt war. Es war in der Tat seltsam, dass ihre Eltern nicht öffneten. Aber sie war auch gleichzeitig Ingmars große Schwester und sie würde ihm genau jetzt suggerieren, dass kein Grund zur Sorge bestand.

»Wir können ja mal ums Haus rumgehen und vom Garten aus ins Wohnzimmer gucken.« Tamara eilte los, die Stufen vor der Haustür hinunter, sodass die Enden ihres beigen Wollmantels flatterten. Als würde sie vor ihren eigenen Befürchtungen davonlaufen wollen. Als sie an den Zäunen der Nachbarhäuser entlanglief, über den bereits geschippten und gestreuten Weg, hielt sie sich ihr Handy ans Ohr. Vermutlich, um bei ihren Eltern anzurufen. Ingmar und Elisabeth folgten ihr an den Nachbarhäusern und Vorgärten entlang bis zur Querstraße und dann weiter dicht an den Gartenzäunen bis zur Gartenpforte ihres Elternhauses. Tamara steckte ihr Telefon zurück in die Manteltasche und stieg über die niedrige Pforte, ohne sie zu öffnen. »Ich hab es gerade drinnen auf dem Telefon probiert. Da geht auch niemand dran.«

»Und was ist mit ihrem Handy?«, fragte Ingmar.

»Ist ausgeschaltet.« Tamaras Stimme bekam diesen harten Klang der Effizienz, den sie schon in der Kindheit bekommen hatte, wenn sie in den Überlebenskampf-Modus gewechselt war.

Elisabeth drückte die kalte Klinke herunter und ging in den Garten, dicht gefolgt von Ingmar. Sie liefen hinter Tamara her über den moosigen Rasen, auf dem der Schnee schon fast wieder geschmolzen war, bis hin zur verglasten Terrassenfront. Da legten sie alle ihre Hände ums Gesicht, damit sie besser durch die dunklen Scheiben sehen konnten. Drinnen im Wohnzimmer brannte kein Licht. Weder die Stehlampe hinten in der Sofaecke noch die Klemmlampe am Bücherregal waren eingeschaltet. Alles war aufgeräumt. Auf dem ausgezogenen Esstisch lag die blau-weiß-karierte Tischdecke, in der Mitte stand der große Adventskranz. Die Stühle waren ordentlich an den Tisch gerückt. Nicht mal der Weihnachtsbaum war aufgestellt. Ingmar drehte sich um. Die Tanne lehnte tatsächlich noch immer verpackt am Gartenhäuschen. Elisabeth wechselte hinüber zum dunklen Küchenfenster und sah zwischen den Sprossen hindurch in die Küche. Da drinnen war auch alles aufgeräumt. Nichts wies darauf hin, dass ihre Eltern überhaupt gefrühstückt hatten. Keine Teekanne. Kein Frühstücksgeschirr. Die Spülmaschine lief auch nicht. Keine bereitgestellten Zutaten für den Stollen warteten auf der Arbeitsfläche. Der Ofen war auch nicht an, um schon mal vorzuheizen. Das alles war wirklich seltsam. Auch, wenn ihre Eltern in der Vergangenheit selten pünktlich gewesen waren, hatten sie doch ihre strikten Abläufe. Niemals würden sie etwas zwischen sich, ihr Frühstück und all ihre daran anschließenden Vorhaben kommen lassen. Es sei denn, es hatte sich etwas Furchtbares ereignet.

Elisabeths Herz schlug nun auch heftiger. Das, was hier gerade passierte – beziehungsweise – das, was hier NICHT passierte, konnte sie sich nicht erklären. Das war absolut untypisch. Es gab keinen Ort, den ihre Eltern am heutigen Tag hätten aufsuchen müssen oder wollen. Alles war eingekauft. Der Nachmittagsgottesdienst begann erst in knapp vier Stunden. Die Physiotherapiepraxis war heute geschlossen. Sie schluckte und versuchte, nicht in diese kurzatmige Aufregung zu verfallen, sondern sich darauf zu besinnen, dass all das überhaupt nichts bedeuten musste. Dass ihre Fantasie ihr nur beunruhigende Dinge erzählen wollte, um sie in Panik zu versetzen. Wie damals in Schweden. Als ihre Eltern für eine Nacht verschwunden waren, als habe sie der dunkle Wald beim Pilzesuchen verschluckt. Bis zum Morgengrauen hatten die drei Geschwister in dem einsam gelegenen Ferienhaus unter dem Küchentisch gekauert und gewartet, ob ihre Eltern je wiederkommen würden. In diesem fremden Land. In dieser fremden Stille. In der Dunkelheit. In diesen fremden Räumen. Ohne Handy. Elisabeth hatte sich vorgestellt, wie ihre Eltern da draußen in dem schwarzen Wald von Wölfen gefressen wurden oder im Moor versanken. Sie wollte sich nicht noch einmal vorstellen, dass ihren Eltern etwas passiert war. Dass sie heute, an diesem Vormittag vor Heiligabend oben leblos in ihren Betten lagen. Die Vorstellung, ohne Eltern sein zu müssen, war kaum zu ertragen. An wem sollte sie sich orientieren? Nur durch diese beiden hatte sie die diffuse Sicherheit, dass sie im Zweifelsfall gehalten und beschützt wurde. Ihre Eltern standen wie eine unsichtbare Schutzmauer zwischen ihr und der restlichen Welt. Solange ihre Eltern da waren, war Elisabeth doch überhaupt vorhanden. Durch sie wusste sie, wer sie war. Solange ihre Eltern da waren, konnte sie nach Hause kommen. Solange war sie echt und unschuldig. Ein Kind. Entschlossen ging sie hinüber zum Gartenhäuschen, um sich Klarheit zu verschaffen. Diese Unruhe, dass etwas Schreckliches vorgefallen war, hielt sie kaum aus. Klarheit war immer besser als Nichtwissen. Damals in Schweden waren ihre Geschwister und sie fast durchgedreht vor Angst. Draußen vor den Butzenfenstern war es immer dunkler geworden, der angrenzende Wald hatte sich langsam schwarz gefärbt und um sie herum hatte sich diese unheilvolle Stille ausgebreitet. Diese kalte Panik, nichts tun zu können, außer zu hoffen und zu warten, war für sie als Kinder wirklich traumatisch gewesen.

Elisabeth drückte die etwas morsche Tür zum Gartenhäuschen auf, sah sich im aufgeräumten Inneren um. Drüben an der Wand lehnte die Schubkarre, daneben der Rasenmäher, der Besen, die Harke. Auf der anderen Seite stand das Regal mit den Werkzeugen, in der Mitte waren die Fahrräder und dort hinten der Spaten. Danach hatte sie gesucht. Sie drängte sich an den Rädern ihrer Eltern vorbei, griff entschlossen nach dem Spaten und trat damit wieder in die winterliche Sonne hinaus. »Wir müssen die Scheibe einschlagen.«

»Welche Scheibe?« Tamara stand, die Hände in die Hüften gestemmt, mitten auf der Rasenfläche.

»Na, die Wohnzimmerscheibe.« Elisabeth marschierte mit dem Spaten an ihr vorbei.

Tamara kam schnell hinterher. »Du willst doch nicht die Wohnzimmerscheibe mit dem Spaten einschlagen! Weißt du, was so eine Scheibe kostet?«

»Und wie sollen wir bitte sonst reinkommen und gucken, ob drinnen alles in Ordnung ist? Vielleicht brauchen Mama und Papa dringend Hilfe.«

»Ich würde vorschlagen, wir klettern auf den Walnussbaum und gucken von da aus oben ins Schlafzimmer.«

Elisabeth schüttelte den Kopf. »Ich steige da nicht hoch. Ich will jetzt rein.«

»Der Baum ist bestimmt schon total morsch«, gab auch Ingmar zu bedenken. »Ich finde, wir sollten versuchen, irgendwie die Tür zu öffnen.«

»Willst du sie etwa eintreten?« Elisabeth war jetzt auch etwas skeptisch.

»Warum nicht? Besser, als die Scheibe einzuschlagen.«

»Meine Güte, wollt ihr erst noch demokratisch abstimmen?« Tamara zog sich ihren Wollmantel aus und drückte ihn Ingmar in den Arm. »Dann mache ich das eben.«

Ingmar sah einigermaßen besorgt aus. »Soll ich nicht doch lieber die Tür eintreten?«

»Hier tritt niemand eine Tür ein! Ich klettere.« Tamara schob sich die Pulloverärmel hoch. Wie früher. Sie strahlte mit einem Mal diese gute alte Lebendigkeit aus. Die pure Freude, etwas Gewagtes tun zu können.

»Soll ich das nicht lieber machen?«, fragte Ingmar und räusperte sich leicht.

»Nein, du brauchst mir zu lange.« Tamara konnte gut

klettern. Als Mädchen war sie früher ständig im Walnuss-baum herumgeklettert. Sie wusste genau, wo sie hintreten musste, um weiter nach oben zu gelangen. Nur war sie jetzt nicht mehr ganz so katzenhaft grazil wie vor dreißig Jahren. Sie wog inzwischen beinahe doppelt so viel. Doch das schien ihr egal zu sein. In ihren Stiefeln, der Jeans und dem hellblauen Wollpulli zog sie sich am dicksten Ast des Walnussbaumes hoch, klammerte die Beine darum, schwang sich hinauf und begann nun in der blätterkahlen Krone hi-naufzuklettern. Ingmar sah angespannt zu ihr nach oben. »Fall nicht runter!«

»Ich bin ja kein Trottel«, rief Tamara nach unten und kletterte noch höher. Ein trockenes Ästchen brach ab und fiel Elisabeth vor die Füße. Sie vertraute Tamara. Wenn Ta-mara wirklich etwas total intuitiv konnte, dann war es auf Bäumen herumklettern. Elisabeth hatte sie früher immer für diese furchtlose Sicherheit, diese Risikobereitschaft be-wundert. Nie war Tamara etwas passiert.

Ihre große Schwester balancierte jetzt auf einem der höheren Äste hinüber zum Schlafzimmerfenster der Eltern, wobei sie sich an den dünneren Zweigen festhielt. Wieder fiel ein Ästchen herunter. Dann noch eins. Ingmar rief hei-ser: »Bitte pass auf!«

Tamara antwortete nicht mehr und Ingmar stellte sich dichter zu Elisabeth. Sie sahen nach oben zu ihrer großen Schwester. Ingmar flüsterte, wie damals in Schweden: »Was meinst du, wo Mama und Papa sind?«

»Ich weiß es nicht«, flüsterte Elisabeth zurück. Sie hatte wirklich keine Idee. Nur eben diese eine: dass sie leblos im Schlafzimmer lagen …

»Meinst du, ihnen ist etwas passiert? Also, dass sie oben im Bett ...« Ingmars Stimme brach ab.

Elisabeth hakte sich bei ihm unter. »Es wird schon alles gut sein. Gleich wissen wir es.« So offen unsicher hatte sie ihren Bruder schon lange nicht mehr erlebt. Seine mühsam antrainierte Besserwisser-Schale, die sie in den vergangenen Jahren auf Abstand gehalten hatte, bröckelte zusehends. Offenbar stand Ingmar doch nicht total über den Dingen. In der Baumkrone über ihnen kämpfte sich Tamara durch die vielen Verästelungen, bis sie sich auf den kleinen Balkon vor dem Schlafzimmerfenster ihrer Eltern schwingen konnte. Ingmar und Elisabeth wechselten ihre Position, um ihre große Schwester besser sehen zu können.

»Und? Erkennst du etwas?«, rief Elisabeth nach oben. Tamara reagierte nicht. »Tamaratschi?«

Jetzt wurde Elisabeth zunehmend unruhiger. Wieso antwortete ihre große Schwester nicht? Konnte sie schon durch das Fenster sehen? Was sah sie da? Elisabeth hielt sich an Ingmars Arm fest. Sie spürte seine Anspannung. Sie hörte, wie seine Zähne leise aufeinanderklapperten. Er versuchte tapferer zu sein, als er sich innerlich fühlte. Ihr kleiner Bruder. Er flüsterte: »Ich will nicht, dass Mama und Papa etwas passiert ist.« Und dann schluchzte er leise. Wie damals in Schweden unter dem Küchentisch vom Ferienhaus. Wohin sie sich alle verkrochen hatten. Ganz eng zusammen. Um sich gegenseitig zu beschützen, bis ihre Eltern endlich wiederkommen würden. Elisabeth sah noch immer die farbigen Streifen des Flickenteppichs vor sich, auf dem sie zu dritt gehockt hatten. Sie legte den Arm um ihren Bruder. Einen Mann Mitte dreißig. Wurden die Bilder auch in ihm wach?

Und in Tamara? Elisabeth merkte, wie ihr die Tränen in die Augen stiegen. Ingmar wurde von seiner Verzweiflung richtig durchgeschüttelt, als hätten sie ihre Eltern nun tatsächlich verloren. Für immer. Als würde Ingmar genau in diesem Augenblick klar werden, dass er es versäumt hatte, Mama und Papa zu sagen, wie sehr er sie liebte. Wie dankbar er für ihre Liebe und seine Kindheit war. Wie sehr er sich wünschte, dass sie alle wieder zueinander finden und wieder diese Familie sein konnten, die sie früher gewesen waren. Eine fraglose Einheit. Die zusammenhielt, egal, was auch passierte. Elisabeth konnte spüren, wie überlastet sich ihr kleiner Bruder eigentlich fühlte mit all der Verantwortung, die er für seine Ehe, seine Kinder, seine Arbeit zu tragen hatte.

Tamara war froh, dass sie hier oben allein auf dem Balkon stand. Zwischen den kahlen Zweigen der Walnuss hindurch sah sie ihre Geschwister unten auf der dunklen Rasenfläche stehen. Sie drängten sich dicht aneinander. Als würden sie etwas Schlimmes befürchten. Und Tamara wollte es sich eigentlich nicht eingestehen, aber auch sie befürchtete nichts Gutes. Es kostete sie Überwindung, jetzt ins Schlafzimmer ihrer Eltern zu blicken. Neulich hatte sie auf ihrem Handy zufällig in den News gelesen, dass ein älteres Ehepaar nebeneinander im Bett selig für immer eingeschlafen war. Einfach so. Gleichzeitig. Gut, die beiden waren über hundert Jahre alt gewesen, aber dass man als Ehepaar gemeinsam und gleichzeitig auch noch den Weg alles Irdischen ging, das hatte sie tief beeindruckt. Diese beiden mussten gut zusammengepasst haben. So wie ihre Eltern. Zumindest unterm Strich. Immerhin waren sie nach fast fünfzig Jahren immer noch verheiratet. Aber diese Befürchtung, dass ihre Eltern ausgerechnet heute gemeinsam den letzten Atemzug getan hatten, wollte sie nicht zulassen. Sie musste fokussiert bleiben. Wenn Tamara eins von ihrem Vater gelernt hatte, dann, der Bedrohung unerschrocken entgegenzutreten. Sich nicht vorher mürbe machen zu lassen. Sondern bereit zu sein. Sicher zu sein, bewältigen zu können, was auch immer passieren würde. Als älteste Schwester hatte man das drauf, weil man eben schon von klein auf die Aufgabe hatte, sich selbst und seine jüngeren Geschwister zu verteidigen. Das fing schon im Kindergarten an. Ging auf dem Pausenhof in der Schule weiter, beim Kindersport, im Chor, vor ungerechten Erwachsenen. Egal wo. Egal wann. Früher hätte sie ihr Leben gegeben, um Elisabeth oder Ingmar vor jeder Art von Angriff und Ungerechtigkeit zu bewahren. Fraglos. Und diese Fraglosigkeit spürte sie auch jetzt wieder. Es war ihre Aufgabe, in das Schlafzimmer ihrer Eltern zu sehen. Aber sie war darüber nicht wütend. Sie empfand es nicht als ungerecht, sondern sie bemerkte mit einem Mal wieder diese Liebe. Diese unglaubliche Liebe für ihre Geschwister da unten auf dem Rasen. Für diese beiden, die sich gerade in ihre Hände begaben, die ihr vertrauten, so wie früher. Die wussten, dass Tamara den ersten Schlag abfangen würde, was auch immer sie jetzt sehen würde.

Sie trat an die dunkle Balkontür heran. Fast überdeutlich nahm sie alles ganz genau wahr. Das Glitzern der Sonne auf dem Fensterglas. Ihr Atmen in der kalten Luft. Die winterliche Stimmung. Wie sie die Hände hochnahm, um sie jetzt eng um ihr Gesicht zu legen. Sie trat noch näher an die Scheibe heran. Sie schaute hinein, in das Schlafzimmer ihrer

Eltern. Es war ungehörig und gleichzeitig notwendig. Sie sah das Ehebett von Mama und Papa mit den weißen Kissen und der gewebten Überdecke. Es war leer. Ihr Blick ruckte hinunter zum Boden neben dem Bett. Erst nach rechts, dann nach links. Weder Mama noch Papa lagen auf dem hellen Teppich. Ihr Herz pochte so heftig und ihr Atem wurde immer flacher. Ihr Blick suchte alles ab. Das Bett war unberührt, die Hängelampe ausgeschaltet, die Tür zum Flur offen. Draußen im Flur stand der Strauß mit den Silbertalern auf der Anrichte. Sie haute mit der flachen Hand gegen das Glas. Sie brüllte: »Mama! Papa! Macht auf!«

Jetzt war es mit ihrer Disziplin vorbei. Sie haute noch einmal gegen das Glas. »Mama! Papa! Macht auf!« Sie hörte sich rufen. Sie fühlte sich weinen. Die Tränen flossen aus ihren Augen, über die Wangen. Sie hatte jetzt wirklich keine Lust mehr auf diesen Scheiß. Was ging hier vor sich? Von unten riefen Ingmar und Elisabeth durcheinander: »Tamara, was ist denn?« – »Was ist denn los?« – »Sind Mama und Papa da?« – »Bitte! Was ist los?« – »Ist etwas passiert?«

Tamara wischte sich eilig ihre Tränen mit dem Handrücken weg und wandte sich von der Balkontür ab. Sie schluckte. Dann rief sie mit belegter Stimme: »Ich kann Mama und Papa nicht sehen. Sie sind nicht hier oben. Jedenfalls nicht im Schlafzimmer.«

Von unten kamen keine Fragen mehr. Nur Stille. Tamara sah ihre beiden Geschwister, die reglos auf der Rasenfläche standen und zu ihr hinaufblickten, die Hände als Schirme über die Augen gelegt, weil jetzt die Wintersonne direkt von oben kam.

Heute war Heiligabend. Heute war der Himmel wolkenlos und von diesem tiefen, satten Blau, das einem übermütig ein heiteres Leben versprach. Dieses Blau, dieses Licht, das in einem diese innere, gurgelnde Freude weckte, das einem sagte, dass man lebendig war, dass nur Schönes vor einem lag – und genau an diesem Tag, an dem sie als Familie, mit all ihren Kindern und Partnern zusammen feiern wollten, breitete sich das Unheil über ihnen aus. Düster und schwer. So, als würde sich noch heute herausstellen, dass das Leben, wie sie es bisher kannten, nie wieder zurückkehren würde. Dass es vorbei war mit diesem Zuhause. Mit ihrer Herkunft. Mit ihnen als Familie. Dass sie ab jetzt nur noch einander hatten. Sie drei Geschwister. Und wenn sie es ab heute nicht schaffen würden, zusammenzuhalten, so, wie sie es eigentlich als Geschwister sollten, so, wie sie es früher als Kinder getan hatten, würde all das, was sie gemeinsam erlebt hatten, all die Urlaube, die vielen kleinen alltäglichen Momente, die Sonntagsfrühstücke, die Weihnachtsfeste, die Nikolausstiefel und die Fahrradausflüge, das Ponyreiten, die Pellkartoffeln mit Quark, die Fährüberfahrten und die Schwimmbadsommer – würde all das zu einer immer stärker verblassenden Illusion werden und irgendwann würde es ihnen so vorkommen, als habe es all das nie gegeben.

Tamara kletterte den Walnussbaum hinunter. Es war ihr egal, dass die Zweige sich in ihrem hellblauen Wollpulli verhakten. Dass die trockenen Ästchen ihre Unterarme zerkratzten. Dass ihre Jeans sich an den Knien und Oberschenkeln grünschwarz färbte. Egal. Sie wollte nur noch wissen, was mit ihren Eltern war.

Vom letzten dicken Ast sprang sie herunter und landete direkt vor ihren Geschwistern. Als Tamara sich wieder aufgerichtet hatte, gelang es ihr nicht mehr ganz so gut, die unerschütterliche, große Schwester zu verkörpern. Ihre Stimme klang rau. »Ich würde vorschlagen, wir atmen mal kurz durch und überlegen, wie wir jetzt am besten vorgehen, um ins Haus zu kommen.«

»Meint ihr, Hallers haben noch einen Schlüssel von uns?« Elisabeth zog ihr Gesicht tiefer in ihren umgewickelten Schal. Den Vorschlag, die Scheibe einzuschlagen, wollte sie nicht noch mal machen.

Tamara zuckte erschöpft mit den Schultern. »Wir können ja mal rübergehen und fragen.«

Ihre Geschwister nickten stumm und Ingmar half Tamara in den Mantel. Als trauriges Grüppchen schlichen sie aus dem Garten, durch die offene Pforte, den Weg an den winterlichen Gärten und Vorgärten vorbei, in denen hier und da – das sahen sie erst jetzt – kleine und größere Tannen mit Lichterketten leuchteten. Bei Degenhardts hing wie immer der große Strohstern im Küchenfenster. Und bei Lindemanns war hinter der Gardine schon der geschmückte Weihnachtsbaum im Wohnzimmer zu erkennen. Um sie herum schien alles seinen gewohnten Gang zu gehen. Als würde alle Welt für immer und ewig auf die gleiche Weise Weihnachten feiern. Ungetrübt. Ungestört. Fraglos. Jahr für Jahr nach den alten, erprobten Abläufen, um besinnlich die Wohltat des friedlichen Miteinanders zu feiern. Nur Tamara und ihre Geschwister fielen dieses Jahr aus dem Rahmen. Sie hatten noch nicht einmal mit den Vorbereitungen begonnen! Mal abgesehen von den Ge-

schenken, die Tamara schon vorletzte Woche am Wohn-
zimmertisch eingepackt hatte, als ihre Jungs in der Schule
gewesen waren.

Benommen blieben sie vor dem Haus der Hallers stehen. Früher zumindest hatten die Hallers immer einen zweiten Schlüssel gehabt, den sich die Kinder hatten holen können, wenn sie ihren Hausschlüssel vergessen hatten. Was
hin und wieder vorgekommen war. Dann hatte Frau Haller ihnen die Tür geöffnet, sie war immer supergut gelaunt
gewesen. Meist steckte sie in Aerobic-Klamotten mit neon-
gelben Stulpen und neonpinkem Stirnband, weil sie ein to-
taler Fan von Aerobic und der Sendung *Enorm in Form* gewesen war. Tamara hatte sie bewundert für ihre tolle Figur
und ihre schicken, glänzenden Gymnastikanzüge mit dem
hohen Beinausschnitt. Wie Jane Fonda hatte sie ausgesehen.
Einmal hatte ihnen Frau Haller sogar drinnen im Wohnzimmer auf dem flauschigen Teppich einen Spagat vorge-
führt. Und jedes Mal, wenn die Kinder ihren Schlüssel bei
Familie Haller abgeholt hatten, hatte sie ihnen ein in Goldfolie eingepacktes Butterbonbon in die Hand gedrückt, das
sie aus der Schreibtischschublade ihres Mannes geholt hatte, der zum großen Kummer von Frau Haller »süchtig danach« war.

Tamara drückte die Klinke des Türchens im Jägerzaun
hinunter, das inzwischen etwas schräg in den Angeln hing.
Gleichzeitig kam es ihr so vor, als sei seit ihrer Kindheit
und Jugend kein bisschen Zeit vergangen. Plötzlich waren
all die Momente wieder da, in denen sie diese Klinke her-
untergedrückt hatte. Bei jedem Wetter. Frühling. Sommer.
Herbst und Winter. Mit geflochtenen Zöpfen oder peppi-

gem Kurzhaarschnitt. In Daunenweste oder Minirock. Mit Wut im Bauch oder frisch verliebt. Alle Momente auf einmal. Und obwohl Tamara sich so große Sorgen um ihre Eltern machte, war es jetzt eine unglaubliche Glückssekunde, in der ihre gesamte Kindheit und Jugend zusammenschmolzen auf diesen einen winterlichen Atemzug, am Mittag des 24. Dezembers. So, als sei sie wieder dieses lebenshungrige Mädchen, das hier in der Straße wohnte.

Am liebsten hätte Tamara die Klinke nie wieder losgelassen und für ewig diesen Moment festgehalten. Sich festgehalten. Dieses innere Pulsieren in jeder Zelle. Es war so berauschend gewesen, dieses Mädchen zu sein, das neugierig auf jedes neue Ereignis war, das den nächsten Tag kaum erwarten konnte, in allem den Zauber sah. Das Mädchen, das in diese Welt eintrat, die sich in immer neuen Dimensionen auftat. Diese damalige Lebendigkeit spürte Tamara ganz deutlich. Sie war wieder da. Ihre Welt war wieder da!

Und es war schön, mit ihren Geschwistern den schmalen gepflasterten Weg entlangzugehen, an dem mit Grünspan überzogenen Springbrunnen vorbei zu den wenigen Treppenstufen vor der Haustür. Im Vorgarten hatte sich in den letzten dreißig Jahren wirklich kaum etwas verändert, bis auf die jahreszeitenbedingte Vegetation. Sogar die Schildkröte aus Kunststein saß noch immer auf der ersten Treppenstufe. Tamara machte noch einen Schritt hinauf und drückte dann auf die Klingel. Auch das ovale Namensschild aus dunkelblauer Emaille war noch dasselbe. Nur am Rand etwas rostig.

Hinter ihr standen ihre beiden kleinen Geschwister. Elisabeth und Ingmar. Hörte das eigentlich jemals auf, dass man seine jüngeren Geschwister als kleinere, zu beschützende Geschwister empfand? Obwohl sie längst verheiratet waren, eigene Kinder hatten, Abteilungen leiteten oder literarische Werke übersetzten? Diese schwebende Zärtlichkeit, die sofort zu fühlen war, sobald man nur aneinander dachte, war wirklich einzigartig – wenn sie nicht gerade überdeckt wurde von Neid, Selbstzweifeln, Verunsicherung, Müdigkeit und Stress.

Drinnen polterte etwas. Hatten sie Frau Haller gerade beim Aerobic gestört? Zog sie sogar mittags an Heiligabend noch ihr Sportprogramm durch? Denkbar war es, denn früher war ihre Disziplin wirklich eisern gewesen. Für ihre Unermüdlichkeit in Sachen Fitness war Frau Haller im Wohnviertel bekannt gewesen. Jeden Morgen, noch bevor Tamara mit dem Fahrrad zur Schule aufgebrochen war, kam Frau Haller schon mit ihrem wuscheligen Bobtail »Ruby« aus dem Park zurückgejoggt.

Tamara stellte sich gerade hin. Hob ihr Kinn ganz leicht. Sie wollte auch ein wenig sportlich wirken. Gut, dass sie eben noch den Walnussbaum hinaufgeklettert war. Für ihr Alter war sie also noch ähnlich gut in Form wie Frau Haller.

Die Haustür ging auf. Ganz langsam. Nur einen Spalt. Irgendetwas hatte sich hinter der Tür verkeilt, weswegen Frau Haller offenbar Schwierigkeiten hatte, die Tür ganz aufzumachen. Tamara sah sich mit gerunzelter Stirn kurz zu ihren Geschwistern um, die angespannt lächelten. Tamara hörte ein Schnaufen hinter der Tür. Sie beugte sich vor und rief: »Frau Haller?«

Wieder hörte sie es schnaufen.

»Frau Haller?«

Drinnen im Flur ging das Licht an und die Tür öffnete sich ruckend Stück für Stück. Doch anstatt einer Frau Haller im bunten Aerobic-Dress mit sexy Beinausschnitt stand da eine untersetzte Frau mit graubraunem Haar, die sich an einen Rollator klammerte. Sie blinzelte: »Sind Sie diese Leute, die mir ihre überteuerten Spezial-Betten verkaufen wollen?«

Tamara schüttelte den Kopf. »Nein, wir sind ...«

Aber Frau Haller sprach gleich weiter. »Ich habe es letztes Mal schon Ihren Kollegen gesagt: Wir brauchen keine neuen Betten. Wir haben uns gerade erst welche gekauft. Mit verstellbarem Rücken- und Fußteil.« Und schon wollte sie die Tür wieder zudrücken.

Tamara streckte den Arm aus und hielt die Tür fest, bevor sie ganz ins Schloss klickte. »Frau Haller? Wir sind es. Tamara, Elisabeth und Ingmar. Die Schwedthelm-Kinder.«

Für einen Moment sagte niemand etwas. Dann wurde die Tür wieder aufgezogen. Ihre Nachbarin machte ein erstauntes Gesicht. »Ihr seid die Schwedthelm-Kinder?« Sie lehnte sich etwas über ihren Rollator. »Ich habe euch gar nicht erkannt. Ihr seid so groß geworden.«

Tamara lächelte. Elisabeth und Ingmar traten neben sie und winkten brav. »Hallo, Frau Haller.«

Die Überraschung lag nicht allein bei Frau Haller. Tamara hatte ebenfalls große Mühe, in dieser gealterten Frau ihre sportliche Nachbarin wiederzuerkennen. Wie war das möglich, dass sie sich so stark verändert hatte? Seit wie vielen Jahrzehnten hatten sie sich denn nicht mehr gesehen? Beinahe fünfundzwanzig Jahre, rechnete Tamara. Vielleicht ein paar Male zwischendurch, von weitem. Um ihr großes

Erstaunen zu überdecken, fragte Tamara schnell: »Haben Sie zufällig noch einen Zweitschlüssel von unseren Eltern? Wir kommen nämlich nicht ins Haus.«

Und von hinten meinte Ingmar: »Wir haben dummerweise unseren Schlüssel vergessen.« So, als wären sie tatsächlich gerade aus der Schule nach Hause gekommen. Das war wirklich ein irres Gefühl. Und es war so fantastisch, sich an dieses Gefühl zu erinnern, das sich immer in Tamara breitgemacht hatte, sobald sie nach Hause gekommen war und sich der Nachmittag frei und sonnig vor ihr und ihren Geschwistern ausgebreitet hatte.

»Moment. Ich bin nicht mehr so schnell. Ich habe mir neulich eine neue Hüfte einbauen lassen.« Frau Haller wendete umständlich ihren Rollator und verschwand schnaufend nach drinnen. Unterdessen standen Tamara, Ingmar und Elisabeth nervös auf dem Fußabtreter und den Treppenstufen herum. Beim Anblick dieser gebrechlichen Frau kam mit einem Mal der Druck zurück, schnellstmöglich wieder zu ihrem Elternhaus zurückzukehren, um nachzusehen, ob Mama und Papa drinnen etwas passiert war. Tamara blickte immer wieder auf ihr Handydisplay, es war inzwischen kurz vor zwölf. Ingmar tippte irgendeine Nachricht in sein Mobiltelefon. Nur Elisabeth sah hinüber zu den Wipfeln der schmalen Pappeln, die das Wohngebiet begrenzten. Dahinter begann der Kanal. Die Kirchturmglocken läuteten durch die klare Winterluft. Und vereinzelt fielen ein paar Schneeflöckchen herunter und landeten auf ihren Haaren und Schultern.

Endlich kam Frau Haller mit ihrer Gehhilfe zurück. Als sie Tamara den Schlüssel überreichte, baumelte er noch immer an dem alten, roten Schnürsenkel. Das war ihr roter Schnürsenkel! Von ihren allerersten Turnschuhen! Schon wieder wurden ihre Augen feucht. »Frohe Weihnachten!«

»Momentchen noch!«, bat Frau Haller. Sie verschwand wieder hinter der Tür, kam aber gleich darauf zurück. »Hier. Für jeden von euch eins. Immer schön die Zähne putzen.« Sie zwinkerte und drückte allen drei Geschwistern ein in Goldfolie verpacktes Butterbonbon in die ausgestreckten Hände. »Damit mein Mann nicht so viele davon isst.«

Sie sagten im Chor: »Danke, Frau Haller.«

Und Tamara fügte hinzu: »Wir werfen den Schlüssel dann nachher wieder in den Briefkasten.« So hatten sie es früher immer gemacht. So würden sie es jetzt wieder machen. So waren sie es gewohnt.

Ihre Nachbarin nickte und hob die Hand. »Dann grüßt mal schön eure Eltern! Und frohe Weihnachten!«

»Das machen wir. Ihnen auch frohe Weihnachten!« Tamara umfasste den Schlüssel mit dem roten Schnürsenkel und ging zwischen Ingmar und Elisabeth hindurch, die beiden Stufen hinunter, an der steinernen Schildkröte, am grünspanüberzogenen Springbrunnen vorbei, durch die Pforte und an den Vorgärten entlang, nach Hause. Ihre Geschwister folgten ihr. Sie gingen immer schneller und schneller. Sie wollten nach Hause, um sicher zu sein, dass es ihre Eltern an diesem Heiligabend noch für sie gab.

6

»HALLO? MAMA? PAPA?« Elisabeth stand mit ihren beiden Geschwistern im dämmrigen Flur. Nichts rührte sich. Nur ihre neue Winterjacke raschelte, als sie sich umdrehte, um das Licht an der Kellertreppe anzuknipsen. Draußen war die Sonne inzwischen hinter den Wolken verschwunden. Der Garten lag jetzt trübe hinter den Wohnzimmerfenstern. So, als hätte auch er alle Hoffnung aufgegeben, dass das hier noch ein glückliches Weihnachtsfest werden würde. Sie rief noch einmal: »Mama? Papa?«

Keine Antwort. In Elisabeth herrschte vollkommene Leere. Oder so große Besorgnis, dass nichts außer dieser seltsam wachen Gespanntheit übrig blieb. Sie stand im Flur ihrer Eltern. Mit gespitzten Ohren, flachem Atem und großen Augen.

»Sie sind nicht hier«, sagte Tamara und warf ihren Mantel über das Treppengeländer. »Jedenfalls nicht so, dass sie antworten könnten.«

Ingmar nickte. Er machte den Mund auf, als wollte er etwas sagen, ließ es dann aber. Stattdessen wickelte er sich seinen Schal ab und legte ihn über Tamaras Mantel, eine fast zärtliche Geste, die es bis vor einer Stunde nie gegeben hätte. Undenkbar: Ingmars Bio-Wollschal auf Tamaras

Ausbeuter-Mantel in Kamelhaar-Optik. Dann schlug er in gefasstem Tonfall vor: »Ich würde sagen, einer von uns guckt unten im Keller, einer von uns oben in Flur und Bad und einer vorne im Arbeitszimmer.«

Schnell sagte Elisabeth: »Ich gucke im Arbeitszimmer.« Das schien ihr am ungefährlichsten. Sie wollte nicht alleine runter in den Keller. Schon als Kind war sie nicht gerne alleine in den Keller hinuntergegangen. Da war es so eng und unübersichtlich. All die alten Möbel und Kartons, die ihr gespenstisches Dasein in diesen unterirdischen Räumen fristeten. Nach oben wollte sie allerdings erst recht nicht. Wer wusste schon, was sie dort erwarten würde? Das konnte Tamara übernehmen. Und schon huschte Elisabeth eilig durch den Flur und schob die Tür zum Arbeitszimmer auf. Sie sah hinein.

Niemand war darin. Die cremefarbenen Vorhänge waren ordentlich zur Seite gezogen. Auf dem Fensterbrett stand eine getöpferte Schale mit Nüssen und daneben wachte der große Nussknacker in Uniform. Auf dem Tisch vor dem Computer lag die hellbraune Schreibtischunterlage. Rechts daneben stand der Stiftbecher mit ein paar Bleistiften, daneben die Tesafilm-Rolle, der Klammeraffe. Auf der anderen Seite der Schreibtischunterlage standen die Ablagekörbe mit Briefumschlägen und Papier. Schräg hinter dem Computer hing ein von Marie und Finni selbstgebastelter Kalender von vorletztem Jahr. Im Regal waren die Fotoalben der gesamten Familie eingeordnet. Hochzeiten, Urlaube, Einschulungen. Und darüber auf dem Bord standen noch ein paar besonders niedliche Fotos von den Enkelkindern in hübschen Rahmen. Elisabeth zog sich die Stiefel aus und ging auf Strümpfen über den Teppich in diesen Raum hinein. Vor dem Bücherregal schlängelte sie sich zwischen den riesigen Geschenketaschen von Tamara hindurch, um näher an die Fotoalben heranzukommen. Die Taschen mussten von Tamara sein. Keiner in der Familie packte sonst noch derart üppig so große Geschenke ein. Goldschleifen, glänzendes Papier. Kärtchen mit Weihnachtsmännern und Engeln.

Als Elisabeth vor dem Regal stand, kniff sie die Augen zusammen, um zu lesen, was auf den Rücken der Alben stand. Inzwischen brauchte sie eine Lesebrille. Das war wohl so, wenn man auf die Vierzig zuging. Die Weitsicht nahm zu. Haha! Tatsächlich?! War das so?

Sie las ihren Namen. Und die Namen ihrer Geschwister. Die Namen aller Enkelkinder. Jeder von ihnen hatte ein eigenes Fotoalbum. Elisabeth zog das Album mit ihrem Namen hervor und klappte es auf. Gleich auf der ersten Seite lag sie als winziges Baby in den Armen ihrer dreijährigen Schwester Tamara. Auf dem lilafarbenen Sitzsack, den Mama genäht hatte. Tamara hatte rechts und links zwei Zöpfchen, trug einen geringelten Rolli und strahlte Elisabeth an. So, als könne sie ihr Glück nicht fassen, eine große Schwester sein zu dürfen. Auf der nächsten Seite lag Elisabeth zahnlos grinsend im Stubenwagen und bekam einen dicken Kuss von Tamara, die sich auf Zehenspitzen zu ihr ins Körbchen beugte. Ein paar Seiten weiter stand Elisabeth mit großer Schultüte neben ihrer Mutter im Eingang der Kirche und grinste schon wieder mit großer Zahnlücke in die Kamera. Und gleich auf der nächsten Seite stapfte sie mit Ingmar in dicken Schneeanzügen und Pudelmützen durch knietiefen Schnee. Das musste beim Rodeln im Harz gewesen sein. Und dann gab es noch ein Foto mit ihren Geschwistern vor dem Bärengehege im Zoo. Nur mit ihrem Vater war sie nicht zu sehen. Wahrscheinlich weil er fotografiert hatte. Oder weil er immer öfter nicht dabei gewesen war. Wegen seiner Arbeit und … sie klappte das Album wieder zu und schob es zurück ins Regal. All diese Alben umfingen eine behütete Kindheit, in der ihre Eltern Tag für Tag alles dafür getan hatten, dass Elisabeth, Tamara und Ingmar es gut hatten. In all dem, was ihre Eltern ihnen gezeigt und beigebracht hatten, war Liebe enthalten gewesen. Liebe und Kraft. Mehr Kraft, als ihre Eltern wahrscheinlich oftmals gehabt hatten.

Ihre Ehe war auch nicht nur einfach gewesen. – Für einen Moment blieb Elisabeths Blick noch an dem getöpferten Kerzenständer hängen, den sie in der ersten Klasse modelliert hatte und der noch immer auf dem Tischchen neben dem Bücherregal stand. Als sei er ein Meisterwerk. Daneben Tamaras Pokal, den sie bei ihrem ersten Tennisturnier gewonnen hatte und darüber an der Wand hing Ingmars Gips-Handabdruck aus dem Kindergarten. Elisabeth lächelte. Was für kleine Hände er einmal gehabt hatte!

»Lizzy?« Tamara rief nach ihr. »Kommst du mit nach oben?«

Elisabeth brauchte einen Moment, um wieder in die Gegenwart zurückzukommen. Sie trat hinaus in den Flur. Da standen Tamara und Ingmar noch immer neben der Treppe. Tamara steckte gerade ihr Handy hinten in die Jeanshosentasche. Elisabeth fragte erstaunt: »Habt ihr noch gar nicht weitergesucht?«

»Tamara musste eben noch telefonieren.« Ingmar warf Elisabeth einen angespannten Blick zu. Er wirkte nervös in seinen Wollsocken und mit den vor der Brust verschränkten Armen.

»Aber ich dachte, ihr seid schon hochgegangen!« Elisabeth konnte nicht begreifen, warum ihre Geschwister nicht sofort im ersten Stock nach ihren Eltern gesehen hatten! Sie sagte aufgeregt: »Das war doch so abgesprochen gewesen!«

Tamara guckte sie warnend an, zum Zeichen, dass sie die Angelegenheit jetzt nicht weiter diskutieren wollte und sagte knapp: »Ich musste Quirin eben instruieren, dass er und die Jungs schon mal im Hotel mittagessen.«

Typisch Tamara! Ansonsten wären ihre Männer bestimmt verhungert. Elisabeth drängte sich mit einem Seufzer an ihren Geschwistern vorbei und stieg nun doch als erste die Treppe hinauf. Jetzt hatte sie es wirklich eilig. Die anderen beiden folgten ihr in den ersten Stock. Zur Sicherheit sahen sie noch einmal kurz in das Schlafzimmer hinein, um dann weiter zum ehemaligen Kinderzimmer von Ingmar hinüberzugehen, wo sich ihre Eltern vor ein paar Jahren ihren »Fitness«-Raum eingerichtet hatten. Elisabeth drückte die angelehnte Tür auf. Im Zimmer war es beinahe dunkel. Hinter den Fenstern waren die Rollläden noch heruntergelassen. Nur vom Flur aus drang mattes Licht herein. Vor der verspiegelten Schrankwand stand ein Trimm-dich-Rad und ein großer blauer Gymnastikball wartete in einer Halterung auf seinen Einsatz. Wie still es im Haus ohne ihre Eltern war. Tatsächlich wirkte alles wie ausgestorben. Als sei allen Gegenständen der Sinn entzogen worden. Ingmar nahm die Fernbedienung von der Fensterbank und ließ die Rollläden hochfahren. »Wann haben Mama und Papa denn die Dinger einbauen lassen?«

Elisabeth zuckte mit den Schultern. »Keine Ahnung.«

In diesem Zimmer waren sie und ihre Geschwister eher selten, wenn sie zu Besuch waren. An der freien Wand hingen Schwarzweißaufnahmen aus den Siebzigern. Gerahmte Urlaubsfotografien. Einige davon waren wohl in der Provence aufgenommen worden. Auf einem der Bilder sah man zunächst nichts als Lavendelfelder. Dann, auf einem schmalen Pfad zwischen den blühenden Büschen, entdeckte Elisabeth ihre jungen Eltern neben ihren Fahrrädern. Ihre Mutter in engen weißen Jeans mit Schlag und figurbetontem T-Shirt und ihr Vater in abgetragenen Jeans, weißem Hemd und ziemlich sonnengebräunt. Sie lachten in die Kamera. Das waren also Monika und Klaus gewesen, bevor sie Eltern geworden waren. Zwei junge Leute, die sich gemeinsam in die Welt aufgemacht hatten, um herauszufinden, wer sie darin sein konnten. Wie hübsch sie aussahen! Richtig verliebt! »Das stammt noch aus der Ära, wo Papa beim Spazierengehen nicht vorweg gelaufen ist, um seine Ruhe zu haben«, sagte Ingmar mit leicht süffisantem Unterton in der Stimme.

Tamara zog die Augenbrauen hoch. »Woran liegt's wohl? Du warst eben noch nicht geboren und hast ununterbrochen gejammert, dass er dich auf die Schultern nehmen soll, damit du nicht selber laufen musst.« Offenbar war sie immer noch genervt von Quirin, mit dem sie eben telefoniert hatte, und musste ihren Groll jetzt an Ingmar auslassen. Oder sie war insgesamt sauer auf Männer, die ihrer Meinung nach nicht eigenständig einen Schritt vor den anderen setzen konnten.

Aber entgegen seiner eigentlich zu erwartenden beleidigten Reaktion, legte Ingmar seiner großen Schwester plötzlich liebevoll die Hand auf die Schulter. »Sei nachsichtig mit Männern, die sich nach Geborgenheit sehnen. Das bedeutet nicht, dass sie Waschlappen sind. Guck dir Papa an, er nimmt Mama auch in den Arm.«

Er zeigte auf das Foto daneben. Als winzige Figuren standen ihre Eltern Arm in Arm vor einem monumentalen Bauwerk. Offenbar hatten sie jemanden gebeten, dieses Erinnerungsfoto von ihnen zu machen. Elisabeth hatte keine Ahnung, was das für ein Gebäude war. Dafür wusste es Tamara. »Das ist der Papstpalast in Avignon.« So, als hätte sie nicht gehört, was Ingmar gerade zu ihr gesagt hatte.

Und Ingmar fügte hinzu: »Hat Papa Mama da nicht sogar den Heiratsantrag gemacht?«

Die drei Geschwister sahen sich ihre kleinen Eltern vor dem riesigen Bau mit den beiden spitzen Türmen und den unzähligen Rundbögen an. Monika und Klaus. Junge Erwachsene. Fröhlich grinsend. Wie lange das schon her war! Wie viel zwischen damals und heute passiert war. Und trotzdem waren ihre Eltern noch immer vereint. Oder?

Elisabeth richtete sich auf. »Ich gucke mal im Bad.« Sie zwängte sich zwischen ihren Geschwistern und dem Trimm-dich-Rad hindurch, raus in den Flur, an der Anrichte mit den Silbertaler-Zweigen vorbei, die schon ewig in dieser Vase standen, hinüber zum Bad. Die Tür war angelehnt. Mit den Fingerspitzen schob Elisabeth sie vorsichtig auf. »Mama?«

Sie sah um die Tür herum in das Bad, das noch exakt wie früher aussah. Nichts darin hatte sich verändert. Dieselbe Badewanne, derselbe Badewannenvorleger, dieselben Wasserhähne, derselbe Spiegel, dieselben Fliesen. Alles in einem wunderbaren Altrosa. Bis auf die Handtücher. Die waren dunkelrot. Sogar der hellblaue Plastikdelfin zum Aufziehen, den Ingmar zum dritten Geburtstag von seinem Kindergartenfreund Tommy bekommen hatte, lag noch auf dem Badewannenrand. So, als würden die Geschwister gleich wieder alle in die Badewanne klettern und viel zu viel aus der Schaumbad-Flasche ins Wasser kippen. Eben so, wie sie es immer nach dem Kinderturnen gemacht hatten.

Elisabeth hielt es kaum aus. All die Zeit, die zwischen damals und heute lag. All die Zeit. Sie hörte ihre Stimmen, ihr Lachen und ihr fröhliches Quieken. Das spritzende Wasser. Das Schwappen. Sie erinnerte sich, wie ihre Mutter irgendwann nach oben gekommen war, um alle einzeln aus der Wanne zu heben. Zuerst war Papa auch noch hochgekommen und hatte einen nach dem anderen in ein Handtuch gewickelt und die Haare trocken gerubbelt. Aber irgendwann waren sie nur noch mit Mama die Treppe wieder hinuntergegangen, weil Papa immer öfter spät abends noch nicht zu Hause gewesen war. Sie erinnerte sich an Mamas Unruhe. Ihr Lächeln. Papas leeren Platz am Abendbrottisch. Tamaras Wut über sein Fehlen.

Elisabeth warf einen kurzen Blick in den großen Spiegel. In den Spiegel, in den sie als Kind so oft gesehen hatte. Und bekam einen Schreck. Sie war kein Kind mehr. Sie war erwachsen! Neununddreißig Jahre alt. Selbst Mutter von zwei Kindern. Zweimal verheiratet und wieder geschieden.

Sie verdiente ihr eigenes Geld. Sie hatte eine eigene Wohnung. Eigene Möbel. Pflanzen auf der Dachterrasse. Ein Konto. Eine Spülmaschine, sogar einen Wäschetrockner. Und nun hatte sie Holger. Und gerade sah es so aus, als könnten sie zu viert eine richtige Familie werden. So, wie sie es sich immer gewünscht hatte. Ohne Drama. Ohne Schmerzen. War das zwischen Mann und Frau überhaupt möglich?

Wer, außer ihrer Mutter, konnte ihr darauf eine Antwort geben? Genau jetzt wünschte sich Elisabeth zurück auf den Schoß ihrer Mutter. Damit sie ihr Herz unter der Bluse schlagen hörte, damit ihre Mutter ihr sagen konnte, dass alles gut werden würde. Dass Elisabeth sich auf sich selbst verlassen konnte, dass sie ein starkes Kind war. Ein besonderes Kind. Ein Kind, das nicht automatisch zum Opfer wurde, weil es bedingungslos lieben wollte. Ihre Mutter sollte ihr endlich sagen, dass man sich wehren und seine Meinung sagen durfte, wenn es Konflikte gab. Dann hätte sich Elisabeth der ungewissen Zukunft nicht mehr so ausgeliefert gefühlt.

Elisabeth schluckte und ihre Stimme klang belegt, als sie sich von ihrem Spiegelbild abwendete und in den Flur hinaus sagte: »Sieht nicht so aus, als hätten Mama und Papa heute morgen geduscht.«

Mit einem Mal fühlte sich ihr Brustkorb eng an. Bitte! Wo waren ihre Eltern? Seit wann waren sie schon verschwunden? Vielleicht sogar schon seit gestern Abend? Oder seit heute Nacht? Eigentlich war Elisabeth kein sonderlich panischer Mensch. Nur manchmal fühlte sie eben diese Einsamkeit, diese Angst, verlassen zu werden. Und jetzt, wo es immer später wurde und sie ihre Eltern nicht finden konnten, war sie sich beinahe sicher, dass etwas passiert sein musste. Am liebsten hätte sie geschrien, um ein wenig Druck abzulassen. Aber was würde das bringen?

Ihre Geschwister standen im Flur. Sie wirkten genauso verloren, wie sie sich fühlte. Trotz ihres Alters. Besonders Tamara. Mit einem Mal war ihre gesamte körperliche Anspannung verschwunden. Dafür stand Ingmar etwas weniger gebeugt da. Elisabeth versuchte zu lächeln, während es in ihren Ohren rauschte. Wie kurz vor einer Ohnmacht. Sie hörte sich selbst von Ferne fragen: »Wollen wir jetzt in den Keller runtergehen?«

Ihr Bruder und ihre Schwester nickten. Plötzlich hatten die beiden große Ähnlichkeit miteinander. Ihre Gesichtszüge. Ihr Blick. Ihre Unruhe. Es rührte Elisabeth, dass Tamara und Ingmar sich so viel ähnlicher, so viel näher waren, als sie selbst vermutlich ahnten. Tamara war früher oft eifersüchtig auf Ingmars und Elisabeths Verbindung gewesen. Dabei hatte Ingmar Tamara vergöttert. Seine große Schwester. Elisabeth sagte verblüfft: »Ihr werdet euch immer ähnlicher.«

Ingmar grinste matt: »Obwohl sich Tamara die Haare rostrot getönt hat?«

»Das ist Kupfergold, du Knallkopf!«

»Von mir aus!« Ingmar lachte kurz vergnügt auf. »Solange ich das nicht machen muss.«

Nacheinander stiegen sie Stufe für Stufe die Treppe hinunter. Dabei klammerten sie sich am Treppengeländer fest. Als sie schließlich unten im Erdgeschoß ankamen, machte Tamara einen kleinen Schlenker Richtung Küche. »Ich muss mal eben ein paar Rosinen essen, sonst kippe ich um.«

Elisabeth und Ingmar folgten ihr und blieben an der Spüle gegenüber vom Kühlschrank stehen, während Tamara das Glas mit den Rosinen aus dem Hängeschrank nahm, es aufschraubte und sich eine Handvoll davon in den Mund schüttete. In der Kindheit war Tamara süchtig nach Rosinen gewesen. Die hatte sie einfach so weggefuttert. »Um die volle *Power* zu haben«, wie sie immer gesagt hatte. Sie kaute und schloss die Augen. Im Herd tickte die Uhr. Draußen hinter dem Sprossenfenster rieselte wieder leise der Schnee. Nur so viel, dass sie daran erinnert wurden, dass noch immer Heiligabend war. So still. Elisabeth versuchte, tief ein- und auszuatmen. Es war seltsam, nicht zu wissen, was als Nächstes passieren würde. Was eigentlich los war, wie alles weitergehen würde. Ob sie noch darauf hoffen durfte, dass es heute Abend einen geschmückten Weihnachtsbaum geben würde, mit Bienenwachskerzen, den altbekannten Weihnachtsliedern, Mamas Stollen und Holger als Weihnachtsmann. So, als sei nichts passiert. So, als sei dies alles hier nur ein kurzer, unerklärlicher Albtraum.

Elisabeth sah sich um. In ihrem Kopf wurde das Tosen immer lauter und sie hatte plötzlich diese Beklemmungen in der Brust. Die hatte sie zum ersten Mal mit dreizehn Jahren gehabt, als sie an sich diese körperlichen Veränderungen wahrgenommen hatte, diese dummen weiblichen Rundungen. Die hatten dafür gesorgt, dass sich auf einen Schlag alles im Umbruch befand. Die ganze Kindheit war weg. Mit einem Mal war Elisabeth in einen Jungen aus ihrer Klasse verliebt und hatte mit ihrer besten Freundin Annika am

Seeufer ihre erste Zigarette geraucht. Plötzlich hatte sie sich von ihrer Mutter so eingeengt gefühlt. Gleichzeitig hatte sie sich zurück in die geordnete Übersichtlichkeit ihrer ersten Lebensjahre gesehnt. Diese Zerrissenheit zwischen dem Vergehenden und dem Neuen, zwischen dem Behütetsein und dem Abenteuer war manchmal nicht auszuhalten gewesen. Es hatte Jahre gedauert, sich damit zu arrangieren, eigentlich bis heute.

Und jetzt fühlte es sich wieder so an, als würde sie keine Luft mehr kriegen. Als würde sie schon wieder vor einer großen Veränderung stehen, das Bisherige loslassen und sich ins Unbekannte aufmachen müssen. Sie setzte sich im Schneidersitz auf den Boden vor der Spüle und streckte ihre Arme nach oben. Sie brauchte Luft.

Ingmar beugte sich besorgt zu ihr nach unten. »Alles in Ordnung, Lizzy?«

»Ja, ich krieg gerade nur so schlecht Luft«, keuchte sie. Und während sie ihre Wirbelsäule lang machte, streifte ihr nach oben gerichteter Blick einen orangefarbenen Zettel am Kühlschrank, der dort mit einem Fimo-Magneten befestigt war. Den hatte Tamara vor Urzeiten gebastelt. Feine Rosen und Blümchen. In rosa und violett mit vielen winzigen hell- und dunkelgrünen Blättchen. Sehr fein.

Der Zettel unter dem Magneten war allerdings neu. Kein uralter Einkaufszettel, keine Notiz von 1989. Das war klar. Das Orange des quadratischen Zettels war frisch, kein bisschen ausgeblichen. Elisabeth ließ verwundert die Arme sinken und rappelte sich auf. Sie stellte sich an den Kühlschrank und nahm den Zettel ab. *Liebe Tamara, liebe Elisabeth, lieber Ingmar* ... stand da. Ihre Hand zitterte. Ingmar trat dichter zu ihr heran, während Tamara das Schraubglas mit den Rosinen in den Schrank zurückräumte. Ingmar beugte sich über den Zettel. »Was ist das?«

Elisabeth räusperte sich. »Das ist eine Nachricht von Mama und Papa an uns.«

Jetzt stellte sich Tamara auch noch neben sie. »Und was steht da drauf?«

Elisabeth hob den Zettel etwas höher und las nun laut: »Liebe Tamara, liebe Elisabeth, lieber Ingmar, werdet endlich erwachsen. Liebe Grüße von Mama und Papa.«

»Hä? Verstehe ich nicht.« Tamara verschränkte die Arme vor der Brust. »Was soll das?«

»Meint ihr, Mama und Papa sind absichtlich nicht hier?« Ingmar sah seine Schwestern irritiert an.

Elisabeth legte den Zettel neben die Spüle auf die helle Arbeitsfläche. »Scheint fast so.«

Ihr Bruder hob die Arme hoch. »Aber sie können doch nicht einfach verschwinden! Wir sind doch extra hergekommen, um zusammen Weihnachten zu feiern. Was soll das?« Er sah wirklich schockiert aus.

»Schätze, sie fanden es die letzten Male mit uns nicht mehr so feierlich.« Tamara blickte ihren Bruder herausfordernd an. »Deine ständige Anspruchshaltung ist Mama und Papa offenbar zu viel geworden. Sie finden wohl, du solltest langsam mal verstehen, dass du kein kleines Hätschelkind mehr bist.«

Ingmar schnaufte verächtlich. »Auf dem Zettel steht doch auch dein Name. Wir sind also alle drei gemeint. Ich verstehe zum Beispiel nicht, warum du uns alle ständig angreifen musst. Besonders Siri. Sie hat dir doch gar nichts getan. Trotzdem greifst du sie ständig an, als würde sie dir etwas wegnehmen wollen. Oder Lizzy. Warum freust du dich nicht über ihren beruflichen Erfolg?«

»Heul doch.« Tamara machte eine genervte Geste.

»Du tust es schon wieder«, Ingmar sah Tamara einfach nur an. Doch mit einem Mal seltsam liebevoll. So, als hätte er keine Lust mehr, noch ein einziges Mal mit ihr wegen nichts und wieder nichts aneinanderzugeraten. »Du versuchst, mich aus dem Weg zu räumen, anstatt dich ernsthaft mit mir auseinanderzusetzen. Warum?«

»Weil du mich langweilst.« Tamara holte das Glas mit den Rosinen wieder aus dem Schrank und Ingmar zuckte hilflos mit den Schultern. »Du weißt doch gar nicht mehr, wer ich bin. Du hast deine Urteile über Lizzy, Siri und mich vor langer Zeit gefällt und seitdem sind sie total unverrückbar.«

Tamaras Blick wanderte genervt zum Fenster hinaus. »Tja. Wie kommt's wohl?«

Ingmar sah sie offen an. Seine Stimme war ganz ruhig. »Sag es mir.«

»Weil ihr mich alle bescheuert findet.«

Elisabeth räusperte sich. Das war Tamaras Begründung für alles. Es wurde wirklich Zeit, dass sie mal mit dem Käse aufhörte. Vermutlich dachte aber jeder von ihnen, dass die anderen ihn bescheuert fanden. Erwachsen war das wirklich nicht. Kein Wunder, dass ihre Eltern sich das nicht länger mit ansehen wollten. »Vielleicht wollen Mama und Papa nur, dass wir wieder zueinanderfinden. Dass wir wieder so geschwisterlich verbunden sein können wie damals in Schweden. Als wir auch nicht wussten, wo sie waren ...«

Ingmar setzte sich auf den Hocker neben den Durchgang zum Wohnzimmer. »Du meinst, als wir uns im Ferienhaus unter diesem Küchentisch zusammengekauert haben und dachten, Mama und Papa kommen nie mehr wieder?«

Elisabeth nickte. »Da hatten wir nur noch uns. Und irgendwann werden wir wieder nur noch uns haben.« Ihre Stimme wurde dünn. Sie sah Tamara flehend an: »Lass uns nicht im Stich.«

»Du bist so niedlich, Lizzy. Mach mal die Augen auf! Ihr habt eure Leben. Eure Erfolge. Bei dir ist ständig was los. Dauernd hast du neue Männer, übersetzt irgendwelche literarischen Meisterwerke und Ingmar rettet die Welt mit seinem Umwelt-Institut, während ich bei Tchibo shoppen gehe. Ihr lasst mich im Stich!«

Elisabeth schüttelte den Kopf. »Überhaupt nicht. Du bist doch meine Beschützerin.«

»Fang selber an, dich zu beschützen.« Tamara klammerte sich an dem Glas mit den Rosinen fest, während der Hunger nach geschwisterlicher Nähe und Verbundenheit in ihren dunklen Augen immer größer wurde.

Ingmar blickte sie für einen Moment stumm an. Dann stand er von seinem Hocker auf, kam auf Tamara zu und umarmte sie einfach. Ganz fest. »Leute, es ist Heiligabend.«

»Blitzmerker.« Tamara umarmte ihn jetzt auch. Wenigstens ein bisschen.

Er lächelte und in seinem Gesicht lag Erleichterung. Er ließ Tamara wieder los. »Geht doch.«

Tamara zog die Augenbrauen hoch. »Bild dir nicht zu viel drauf ein.« Und nach einer kurzen Pause fügte sie etwas verhaltener hinzu: »Müssen Mama und Papa dafür ausgerechnet an Heiligabend verschwinden, so dass wir denken, ihnen ist sonst was passiert?«

Ingmar seufzte und sein Blick wanderte unruhig zwischen seinen Schwestern hin und her. »Wahrscheinlich wollten sie sicher sein, dass wir uns wiederfinden, bevor sie irgendwann nicht mehr sind.«

Elisabeth atmete tief ein. Daran wollte sie nicht denken.

Tamara räumte das Glas mit den Rosinen zum zweiten Mal in den Schrank und klappte die Tür wieder zu. »Ich hätte es wissen müssen! Die gleiche Nummer haben sie damals auch schon in Schweden gebracht.« Tamara sah ihre Geschwister an. »Mama und Papa hatten sich gar nicht im Wald verlaufen. Sie sind absichtlich verschwunden, weil sie etwas zu klären hatten.«

Ingmar schüttelte den Kopf. »Verstehe ich nicht.«

Tamaras Stimme klang rau. »Sie wollten wieder zueinanderfinden, nachdem Papa ...«

Ingmar machte große Augen. »Was meinst du damit?«

Und auch Elisabeth brauchte einen Augenblick, bis sie verstand, was Tamara da gerade gesagt hatte. Ihre große Schwester hatte offenbar seit Langem von etwas gewusst, was sie ihren Geschwistern verschwiegen hatte. Damit sie weiterhin dachten, dass alles in Ordnung war. Aber in Wahrheit hatte es in der Ehe ihrer Eltern Zeiten gegeben, in denen ihre Verbindung nicht fraglos war. In Schweden hatten sie sich aus Not eine Pause vom Elternsein genommen. Anscheinend war das entscheidend für sie alle als Familie gewesen. Nur so hatten die Eltern im Morgengrauen gemeinsam zu ihren Kindern zurückkehren können. Und Tamara hatte dieses Geheimnis alleine getragen, all die Jahre.

7

ES WAR INZWISCHEN NACHMITTAG. Tamara stand im Wohnzimmer am Esstisch und reichte Ingmar die kleine, in Seidenpapier eingewickelte Holzfigur aus dem Erzgebirge. Die dicke Putte mit den grünen Flügelchen. So, wie ihre Mutter sonst an Heiligabend am Esstisch gestanden und ihrem Mann das Engelchen gereicht hatte. Ihr Vater war damit zur Tanne hinübergegangen, um es an der richtigen Stelle an dem goldenen Band aufzuhängen. So, als gäbe es für das Schmücken des Weihnachtsbaumes einen genauen Plan. Als könnten sie es nur gemeinsam tun. Monika und Klaus.

Ingmar nahm die Putte mit der Mini-Harfe entgegen. Er musste unwillkürlich grinsen. So, wie er früher schon immer bei diesem Engelchen ohne Schlüpfer hatte grinsen müssen. Dann trug er es hinüber zur Tanne, die er gerade alleine aufgestellt hatte. Zum ersten Mal in seinem Leben hatte er draußen im Garten den Stamm zurechtgesägt. So wie sein Vater. Mit Ruhe und Sorgfalt. Egal, ob es an Heiligabend geregnet, geschneit oder gestürmt hatte – in Arbeitshemd und alter Jeans hatte sein Vater den Fuchsschwanz angesetzt.

Als kleiner Junge hatte Ingmar es ziemlich seltsam gefunden, dass sein Vater ihm, während er die Tanne hin- und hergedreht und den Stamm zurechtgesägt hatte, nie geantwortet hatte. So, als hätte er gar nicht gehört, dass Ingmar ihm eine Frage gestellt hatte.

Jetzt verstand Ingmar, warum das so gewesen war. Er hatte von seinem Vater lernen sollen. Nicht nur, wie man den Stamm des Weihnachtsbaumes akkurat zurechtsägte, sondern auch, wie man sich durch nichts ablenken ließ. Er hatte ihm zeigen wollen, wie man auf der Spur und aufs Ziel ausgerichtet blieb. Wie man geduldig weitermachte, im Vertrauen, es hinzubekommen.

Ingmar hängte das Engelchen auf den einen für ihn richtigen Tannenzweig. Sein Vater war tatsächlich immer auf der Spur geblieben. Zumindest, was die zu erledigenden Dinge anbelangte. Weswegen sie Kinder ja auch ständig zu spät gekommen waren. Weil ihr Vater noch unbedingt seine Sachen hatte fertigbringen wollen. Nur in seiner Ehe hatte sich sein Vater ablenken lassen und war aus der Spur gekommen. Zumindest klang das, was Tamara erzählt hatte, so. Aber er war zurückgekehrt.

Und nun stand Ingmar hier und tat alles genau so, wie er es bei seinem Vater beobachtet hatte. Zumindest, was die zu erledigenden Dinge anbelangte. Was seine Ehe anbelangte, da wollte es Ingmar anders machen. Auch in dieser Hinsicht hatte er von seinem Vater gelernt. Dafür war er dankbar. Alles brauchte eben seine Zeit, bis es nicht mehr schmerzte, sondern Sinn ergab. Er hatte das Gefühl, endlich etwas Wesentliches verstanden zu haben. Er selbst konnte entscheiden, was er von seinen Eltern übernahm und was nicht. Vielleicht bedeutete genau diese Freiheit, erwachsen zu sein.

Gleichzeitig machte er sich langsam doch wieder Sorgen: Ihre Eltern hatten sich noch immer nicht gemeldet.

Elisabeth stand in der hell erleuchteten Küche, über ihrem Kopf baumelte der große, bunte Strohblumenstrauß. Sie knetete den Stollenteig. So, wie ihre Mutter das über vierzig Jahre lang getan hatte. Sie hatte nicht nur extra viele Rosinen für Tamara in den Teig eingearbeitet, sondern auch extra viel Liebe für alle, dachte Ingmar. Er erinnerte sich, wie Tamara in ihrem blauen Samtkleid und den geflochtenen Zöpfen damals neben ihrer Mutter in der Küche gestanden hatte. Er hörte seine Mutter noch einmal sagen: »Ich habe extra viele Rosinen für dich hineingetan. Die isst du doch so gerne.«

Die wenigen leisen Geräusche um ihn herum waren genau die, die er schon immer an Heiligabend gehört hatte. Die geschäftige Stille wurde nur ab und an unterbrochen vom Knistern des Seidenpapiers, vom Plätschern der Milch, von Elisabeths leisem Schnaufen, während sie den riesigen Klumpen Teig knetete. Vom Zufallen der Ofenklappe. Ein vertrautes Gefühl stieg in ihm auf: Vorfreude.

Draußen dämmerte es inzwischen. Tamara ging leise hinüber zum Bücherregal und knipste die gelbe Klemmlampe an. Nun war der Garten beinahe dunkel und schon wieder von einer dünnen Schneeschicht bedeckt. Nur die Straßenlaterne am Gartenzaun warf ihr fahles Licht auf das trockene Gestrüpp der verblühten Hortensien, den Walnussbaum und die leicht verschneite Rasenfläche. Gleich würde Siri mit den Kindern aus dem Hotel herüberkommen. Gemeinsam mit Holger, Quirin und seinen Nichten und Neffen. Mit all den Kindern, die sich auf Weihnachten freuten, auf ihre Geschenke und auf den Weihnachtsmann. Sie würden leise hereinkommen und sich hier im Wohnzimmer auf den Sofas verteilen. Sie würden nicht sprechen. Nur schauen. Die Kerzen am Weihnachtsbaum würden brennen. Sie würden singen und dichter zusammenrücken.

Tamara wickelte die nächste hellrosa Putte aus. Sie hielt sie hoch. Auf der kleinen Faust saß ein blaues Vögelchen. Tamara lächelte Ingmar an. Sie gab ihm den kleinen Engel so, wie sie ihm damals, an diesem Abend in Schweden vor dreißig Jahren, ein Glas Wasser gegeben hatte. Im Blick geschwisterliche Zärtlichkeit. An diesem Abend, als ihre Eltern vom Pilzesuchen nicht wiedergekommen waren und seine großen Schwestern und er nicht wussten, wo Mama und Papa blieben. Als es immer später, draußen immer dunkler und drinnen im Ferienhaus immer stiller wurde. Er hatte geweint und Tamara hatte ihm ein Glas Wasser gereicht, so, wie sie ihm jetzt den kleinen Engel reichte. Und wie damals sagte sie jetzt zu ihm, mit dieser lieben Große-Schwester-Stimme: »Sie kommen wieder.«

Er nickte und nahm den Engel. Seine Stimme war belegt. »Danke, Tamara.«

Er fand einen schönen Platz für den Engel mit dem kleinen blauen Vögelchen. Ganz oben, ganz nah am Weihnachtsstern. Es war die Lieblingsputte seiner Mutter.

»Woher willst du wissen, dass sie wiederkommen?« Elisabeth kam aus der Küche herüber. Sie hatte die Schürze ihrer Mutter umgebunden und sah damit aus wie deren jüngere Version. Sie hatte die Hände voller Mehl, so wie ihre Mutter zu Weihnachten, wenn sie den Stollen gebacken hatte. Der einzige Unterschied war, dass sie nicht lächelte.

Tamara sah Elisabeth lange an, dann Ingmar. Sie flüsterte: »Ich weiß es nicht. Aber ich fühle es.«

Still standen sie auf dem weichen Wohnzimmerteppich, auf dem sie als Kinder herumgetollt waren. Sie hatten darauf Purzelbäume geschlagen und Kopfstand geübt. Sie hatten darauf mit ihren Puppen gespielt und die Holzeisenbahn aufgebaut. Sie sahen sich an. Es war Heiligabend. Dies war ihr Zuhause. Sie waren erwachsen. Und sie waren voller schöner Erinnerungen und Dankbarkeit für das, was sie von ihren Eltern gelernt und bekommen hatten. Sie waren bereit, anzuerkennen, dass jeder seinen eigenen Weg ging und sie dennoch für immer verbunden blieben. Tamara lächelte: »Ich hab euch lieb.«

Es klopfte an die Scheibe der Terrassentür. Tamara, Elisabeth und Ingmar drehten sich erschrocken um. Da draußen im dunklen Garten stand eine Traube von fröhlichen Leuten in Pudelmützen und Schals. Ihre Familien: Quirin, Siri, Holger und die Kinder. Lino und Georg drückten ihre Nasen an der Scheibe platt. Und dazwischen standen ihre Eltern! Tamara sah im Schein der Laterne unendlich viele weiße, zarte Flocken geradewegs aus dem nächtlichen Himmel heruntersegeln. Fröhlich. Heiter. Unabhängig. Frei. Es sah so schön aus, dass sie weinen musste, als sie die Tür öffnete. Als Erstes traten Mama und Papa, ihre Eltern, über die Schwelle ins warme Wohnzimmer. Sie nahm ihrem Vater und ihrer Mutter die Mäntel ab, um sie vorne in der Garderobe auf Bügel zu hängen, während die anderen schon nachdrängten und sich die Stiefel auszogen. Sie lächelte, gab Quirin einen Kuss auf die Wange und sagte: »Da seid ihr ja.«

—

Wie können wir die werden, die wir sind,
wenn das nicht für uns vorgesehen ist?

208 Seiten / Auch als eBook

Spanien, 1503: Johanna von Kastilien wird in naher Zukunft den
Thron eines Weltreiches erben. Doch statt über andere zu herr-
schen, ersehnt sie vor allem eins: über sich und ihr Leben selbst
entscheiden zu können. Ihr leidenschaftlicher Kampf für die eigene
Freiheit wird von ihren Gegnern schon bald als »Wahnsinn«
bezeichnet …

www.dumont-buchverlag.de **DUMONT**